嬗

王喜平◎著

CFP 中国电影出版社

图书在版编目（CIP）数据

嬗／王喜平著．－－北京：中国电影出版社，2017.4

ISBN 978－7－106－04702－3

Ⅰ．①嬗… Ⅱ．①王… Ⅲ．①长篇小说－中国－当代 Ⅳ．①I247.5

中国版本图书馆 CIP 数据核字（2017）第 079281 号

责任编辑：贾　伟
出版策划：葛风芹
封面设计：墨知缘
责任校对：门立伟
责任印刷：庞敬峰

嬗

王喜平　著

出版发行　中国电影出版社（北京北三环东路 22 号）邮编 100029
电话：64296664（总编室）　64216278（发行部）
Email：cfpygb@126.com
经　　销　新华书店
印　　刷　济南精致印务有限公司
版　　次　2017 年 8 月第 1 版　2017 年 8 月第 1 次印刷
规　　格　开本/710×1000 毫米　1/16
印张/7　字数/110 千字

书　　号　ISBN 978－7－106－04702－3/I·1162
定　　价　38.00 元

内容梗概

残疾的贾玲根本未曾想到，经过千般努力，如愿以偿的她，竟以梦的形式诠释了人生的嬗变、升华与最高境界。她梦见自己生出一对五色斑斓的翅膀，翩翩飞翔，堪比腿的自由。她是多么幸福啊！所以，她到讳莫如深的凤城山去回忆、面对曾经的飞来横祸与苦难。

与其说是贾玲人生的嬗变与升华，毋宁说是整个社会的进步与发展。欣欣向荣的大花园里，每一个人都有一条路，每一个人都有一方蓝天，他们都在自己的道路上徜徉，他们都在自己的蓝天里飞翔……

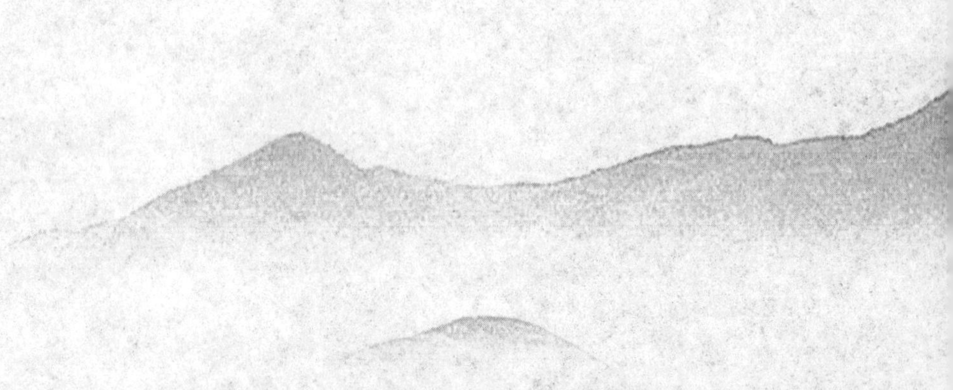

目录
CONTENTS

001　　引　子
003　　第一章　狼事
005　　第二章　妄想
008　　第三章　离群
012　　第四章　另类
015　　第五章　那时
018　　第六章　天降
020　　第七章　转捩
026　　第八章　世面

029 第九章 抉择

037 第十章 伊始

047 第十一章 插曲

050 第十二章 思变

059 第十三章 熏染

067 第十四章 情牵

086 第十五章 就谷

095 第十六章 甘来

096 第十七章 厚积

098 第十八章 梦翼

引 子

贾玲从不懒床，她每天都是很早起来，收拾好东西，准备去上班。多少年来，她已形成了习惯。

可是，今天她起晚了。因为夜里她做了一个奇特的梦。她梦见自己被羽化，破茧而出，生了一双美丽而硕大的翅膀，带着她掠过了大山，翱翔在蓝天……

“起床了！起床了！”屋檐上挂的鹩哥叫着。

贾玲起床，拄着双拐，咔嚓咔嚓地迈出门去。

“懒得要命!”鹩哥还在喋喋不休地说着。贾玲抡起拐杖，敲得鹩哥笼子秋千一样地晃荡。鹩哥惊得扑愣着翅膀，上下乱跳。贾玲气恼鹩哥坏了她的美梦。她经常做噩梦，难得做一次美梦，还被鹩哥搅得荡然无存。

金色的阳光倾洒在楼房上，给楼体镀了一层金色。这是一座三层的小洋楼，是贾玲辛勤劳作的回报。

“贾大姐，到哪里去？我拉你。”一个声音高喊着。

本来，贾玲是不想乘车的，也没想到哪儿去，可是，司机已经下车，将贾玲扶到车里。司机问着：“贾大姐，你到哪里去?”贾玲只好随便回答着：“到凤城山去转转吧。”

凤城山，位于县城正东，浑然天成而呈佛脚之形，山势雄伟高大。

车顺蜿蜒的山路攀爬着。就在一个山沟的旁边，贾玲让司机将车停住了：“我就在这下去看看，麻烦你在车上稍等或者附近转转也行。”

司机将贾玲扶下车来，递过双拐，叮嘱小心脚下。

贾玲顺着山沟下去了。拐杖咔嚓咔嚓的声音在山沟里回响，仿佛樵夫砍柴的声音。

在一个土掌子，名曰杨家湾塪的地方，贾玲停住了脚步。这个地方，曾是贾玲魂飞魄散，经常噩梦的地方。

迎着阳光，贾玲想起了四十二年前的一天，她刚刚过完十二岁生日……

第一章 狼 事

那一年的夏天，大人们都去收割麦子。贾玲随着马莲、蔡萍、刘小几个伙伴去拔猪草。

玩耍的地方就在杨家湾垴一块光秃秃的地方。干活回家的人们，路过这里，也会驻足稍微歇息一下。

刚到杨家湾垴边上，贾玲、马莲、蔡萍、刘小几个，已经迫不及待地撂下背篼，接着昨日的比分继续玩捉牛儿的游戏了。

正在兴头，马莲突然叫了一声："你们看那是啥?"她的目光惊异，闪着惊恐的眼光。贾玲、蔡萍、刘小三个人回过头，朝着马莲目光的方向看过去。啊，像是一只狐狸缩着身体，在瞄视着她们。其实，蔡萍、刘小两个人还什么都没有看见呢，还在不停地问："啥，在哪儿呢?"

贾玲突然一声惊叫，犹如惊恐万分的兔子跳动了一下。可是，已经晚了，那"狐狸"突然变得高大，竖起鬃毛，龇牙咧嘴，向着贾玲扑来。啊，是只恶狼！不是狐狸！

贾玲已经不知所措。那狼猛地一口，咬向贾玲细嫩的大腿。随着一声惨叫，贾玲大腿的一块肉已被撕下。贾玲顿时倒地，捂着血淋淋的伤口哭喊着。那狼活吞兔子一般，将嘴里的肉囫囵地吞进肚去。

血顺着贾玲指缝，汩汩流下。那狼又在贾玲大腿猛咬几口，扯下几块肉来。

马莲、蔡萍、刘小几个人也被吓得大声呼喊着救命。

附近的人们从四处赶来。狼还贪婪地向着贾玲猛扑……就在这千钧一发之际，牛勇大叔赶到了。他一个箭步上前，飞起一脚，踢开了狼嘴。那狼嚎叫着翻滚几圈，凶残地瞪着牛勇。

贾玲二妈谢春香也赶到了。她不停地挥动着镰刀，使得狼不敢轻易向前。接着虎子哥、大梁哥、虎二嫂也都赶到。大家都挥舞着镰刀，将贾玲围在中间。

狼见人多势众不敢进攻了，伸着长条的舌头直喘粗气。

狼在嚎叫，人在高喊。又有许多社员赶来。狼只好无奈地放弃，掉头而去。

村里的赤脚医生张新社闻悉，急忙赶来。他见贾玲伤势严重，简单绑扎了一下，说道，“赶快送医院”。乡亲们急忙找来一副担架，抬着贾玲朝山下公路奔去。

贾玲此时已经失去了知觉，她不觉得疼痛，但还有模糊的意识，只是喉咙压迫得厉害，说不出话来。她隐约看见，二妈谢春香始终跑在担架旁边，压着她，防止她掉下。她的爷爷，伤心地流着泪，泪水顺着他的白胡须流下。

贾玲口渴得要命，她想喊声“喝水”，却始终发不出声音。

抬担架的人们，一拨一拨地交换着，汗水湿透了他们的衣衫。

终于到了石坪壑岘，一条黑色的柏油马路呈现眼前。

“山娃，赶快到公路上拦辆车!”张新社打发一个年轻的后生。

大伙儿左等右等就是没有一辆车过来，人人都焦急万分。“抬上快走，边走边等!”张新社招呼着大家。

在县医院里，贾玲爷爷贾福还在不停地抹泪，他求着张新社:“张医生，医院里你认识的人多，求求你找个好大夫，把这个娃娃治给下!”

张新社只有初中文化程度，仅仅是县卫生局培训了两个月的赤脚医生，哪里认识什么好的大夫啊，偌大的县医院，他也没来过几回。此时张新社也管不了那么多了:“我去找院长。”

张新社终于找到了院长。见到院长，贾福哭着说:“救救我的娃娃啊，她被狼咬了!”

院长急忙查看贾玲的伤情。他见贾玲的伤情严重，急道:“伤者失血过多，要赶紧输血。除了输血，恐怕还要截肢呢。”当时的医疗条件，他们也只能如此了。

输血好办，大家都伸出胳膊争着献血。可是说到截肢，贾福却是死活不同意。娃还小啊，截了肢她咋生活啊，哪怕拖着一条残腿也好啊。

张新社见此景，只好出面说道:“你们冷静一下，难道院长就不知道保腿?眼下保命要紧。她目前的伤情，如果不截肢，命都不保啊。”一番解释，大家不言语了。最后家属只好在同意截肢的单子上签字，尽管字迹歪歪扭扭的如同蚯蚓一样。

第二章 妄想

一个月之后，贾玲要出院了。她是被妈妈李桃背回家的。

爷爷贾福，老早地站在沟沿上，远远地看到李桃背着贾玲过来，赶紧跑过去帮扶了一把。

在一个废旧的碌碡边，妈妈轻轻地放下贾玲。贾玲靠着碌碡的支撑，慢慢地想站起来。但是，截肢的伤口一阵钻心的疼痛，她迫不得已地用手支撑，转身坐在碌碡上。

一条 空荡荡的裤筒，挽在贾玲腿上，形成一个大结。贾福又是泪下，他隔着裤子，轻轻抚摸着贾玲的腿。

贾福让李桃做了一锅洋芋疙瘩，红萝卜片和水酸饭，又把贾耀明、贾光明和贾曙明三个儿子都到老四贾俊明家里吃饭。他是有话要说的。

四个儿子，一言不发地吃着，贾福仅仅喝了半碗汤。

“家里出了这么大的事情，你们都要帮着，让娃娃度过这一辈子……”

“哪天我到县上去看看，补助给贾玲的八十斤包谷五十斤麦，条子可能已经批了。如果批了我就借个架子车，把粮食领出来。”老二贾光明开口了，家庭议事，每次都是他先开口。

“还有一百块钱的补助，看看如果能取了也一并取上。”贾福安排着。

老大贾耀明，老三贾曙明，始终都没开口说话，只是一边抽烟，一边默默地点点头。

这一天，风城公社召开会议，贾光明代表金凤大队去参加。会后，他趁着空档，顺便到粮食局询问补助的粮食批了没有。工作人员说，条子早就批下了。前天，石坪大队的黄淑琴来取她儿子的补助，连同贾玲的一起带走了，你们跟寻着去要吧。

贾光明又到财政局里去查补助款，条子也被黄淑琴一块带走了。

贾光明回来后，正在给贾福说着这事，一位小脚老奶奶门外求见。她是黄淑琴的婆婆张氏。只见她从褂子里小心地掏出两张盖着朱红大印的纸条，交给贾福："劳力全到社里平整梯田了，硬是等不出个闲时间，我怕你们心急，赶着送过来了。"一个小脚老人，十几里山路呢，贾福真是过意不去，急忙说着"老人家，让你辛苦了"，赶快扶她坐在屋檐台子上。

张氏要走，起身时说，要看看娃娃呢。屋里的贾玲听见了，急忙倒头装着睡着了。

张氏坐在炕边，隔着被子，用手轻轻摸着贾玲的伤腿，深深地叹口气，可怜地说着"这该死的狼，让娃今后怎么过呢!"

第二天，贾福将两张条子，全都交给了贾俊明。让他借辆架子车，将粮食领来，钱的条子一定收好，等着贾玲十八岁的时候，争取安装个假腿。

贾玲早晨睡醒，她没看见爷爷的身影。院子里只有几只悠闲的老母鸡，在"咯咯"地啄着食。贾玲抬起头，看着窗外刚刚升起的太阳，让阳光穿过瞳孔，直达自己的内心深处。她希望能有一把阳光的利剑，驱除一切胆怯与恐惧，让自己成为充满活力的人，让生命的希望重新燃起。她架着双拐，慢慢来到院子里。

自从出院回到家中，贾玲还是第一次在没有爷爷陪伴下来到院子里。她侧耳细听着，想着爷爷是否在与邻居的大妈说话，但是没有任何动静。她怕爷爷走远，于是爷爷、爷爷地喊了几声。她的叫声将还在睡梦中的弟弟妹妹们吵醒了。她便指使妹妹们去寻爷爷，留下弟弟贾珲陪着自己。

贾珲怯怯地问道："姐姐，腿还疼吗?"贾玲看看残腿："疼，腿痛，心里也疼……"

这时爷爷贾福回来了。贾玲问道："爷爷，你到哪里去了?"现在她觉得爷爷在，自己心里就踏实些，爷爷就是自己的定心丸。

爷爷说："到你二爸家里和你奶奶说了会儿话，这不就急着赶回来了。"

贾福看着贾玲，心疼地说道："你哪里不舒服，要和爷爷说呢。"其实，贾福一直在埋怨自己，没有照顾人的经验，使得残疾的孙女受苦了。

他跑到柴房里，找来几只破棉鞋，撕下鞋帮，用布条缠绑在了贾玲拐杖的支撑处。贾福绑好拐杖，让贾玲再试试，贾玲顿时觉得软和舒服多了。

一天歇息的时候，贾玲坐在碌碡上问爷爷："假腿是用啥做成的，能和真腿一样么?"贾福哪里见过假腿啊，但他努力想象着："应该是用橡皮做的吧。"贾玲听了若有所思地点点头。

贾玲因伤行动不便，拔猪草的事情，只能由妹妹贾珍他们承担了。

每天贾玲独自待在院子里，不时听到一群孩子们追逐打闹的声音，心里更加惆怅了。

第三章　离　群

贾玲不断听见孩子们玩耍跑动的声音。心里有种被抛弃的感觉，而且这种感觉越来越折磨着自己，就像遮蔽蓝天的乌云，一层层不断地袭来。

贾玲第一次失眠了，她或许不知道那叫失眠，只觉得彻夜无法闭眼的清醒让她心烦意乱。她想到了安乐死，不就是睡着了眼睛再也不睁开了，然后飘飘然去做了神仙……

一天，贾玲鼓起勇气，迈出了院门。她要到场上去看看，哪怕她不能玩了，也要看着别的孩子玩，看着他们欢跑在这个世界上。然而出乎她的意料，那些玩跑中的孩子们一见到她都不玩了，而是围拢过来看着她。孩子们天真地问着贾玲，截下的残腿哪里去了？有的孩子还做着金鸡独立的姿势，感受着身体的不平衡。

这是出事之后贾玲首次迈出家门，却迎来众目睽睽的好奇心。贾玲只觉浑身不自在，就像燃烧着的麻杆棍全身发烫。贾玲催促着孩子们："你们都去玩吧，我在边上看着。"在说这话的时候，心里甚是委屈，泪珠在她的眼底打转。

贾玲回到家中，流泪了一个晚上。

不过贾玲以后还是经常到场上去。司空见惯之后，孩子们觉得，围观贾玲其实没意思。因为贾玲就同木桩，不能陪着他们玩耍。甚至，有时还在挡着他们疯跑的路线。渐渐地贾玲觉得，被人遗忘比围观更可怕。很多时候贾玲甚至多么希望有人过来看看她，哪怕只是对她的残腿品头论足。

然而她能做的，只有抬起头来，望着天空，迷茫地望着匆匆掠过的云影，厮守着永远属于自己的那份孤独。那些变幻无常的思绪，使得生活混乱而没有现实意义。

"贾玲，贾玲……"贾光明进到院子里，叫着贾玲。终于有人和贾玲说话了，可是她似乎没有听见，还在自言自语地苦思冥想。

"贾玲，贾玲……"又是两声呼唤，贾玲这才"嗯"地回过神来，转身望着贾光明。

"你爷爷呢?"贾光明问着贾玲。

"领着贾珍他们到金凤沟里折红沙柳去了，说是要编两个背篼呢。"贾玲正在说着，贾福扛着一大捆红沙柳条进来，扔在地上，喘着粗气。

贾光明说道："大，这娃娃现在要让念书去呢，蹴在家里迟早就成蹴瓜了。我叫她四五声，她也不知道答应，傻愣愣的。"

贾福卷着旱烟，慢慢说道："五六角钱哩，可能没钱交学费。"贾光明道："到公社说说去，能免了就免了，特殊情况嘛。"

贾福吸口旱烟，道："已经第二学期了，又开学十几天了，可能跟不上了。"

贾光明道："不要紧，慢慢地就赶上了，再说能学多少算多少吧。"

贾福咳嗽着将口烟吐到空中："还有呢，五里路呢，娃娃的腿脚不灵便，怎么去呢?"

贾光明道："那没办法，只有他爸接送了。"

贾福道："那你就到公社说说去，看能成不。"

能去念书，这可是让贾玲心动不已的事情。金凤小学就在通往金凤大队的大路中间，门前几畦菜地，周围全是白杨树。校门一直关闭着，看不见内部的景象。只能隔着校墙，看见里面有几栋红瓦的平房，整齐地排列着。金凤小学并不是金凤大队的，而是隶属于凤翔公社的，只不过校址设在金凤大队的地界上。

这几天，贾玲一直焦急地等待二爸，盼望带来关于她去上学的消息。

贾玲终于等到二爸贾光明过来了。但是，贾光明径直来到贾福面前，说："跑了三四趟，学校说没书没本子。公社的崔秘书说，只能先当旁听生，凑合一学期，等着二年级时根据情况再定。"

贾福坐在屋檐台子上，抽着旱烟："没找公社书记吗?"

贾光明垂头丧气地说："找了，他说开会商量一下，等着崔秘书通知我。我等不住，找了几趟，就得到这么个回话。"

贾福对这一结果还算满意 ，说："那就先让娃娃试试去，或许明年就顺了。"贾光明也同意："大，那您就给老四说说，明天早上就送孩子上学去 吧。"

贾福点点头，抬起脚来，将旱烟在鞋底上磕了磕。

晚饭后，贾玲父亲贾俊明、母亲李桃干完家务，贾福叫过二人来，和他们商量贾玲上学的事情。

“孩子二爸已经和学校说好了，暂时当旁听生，先凑合一学期，等着二年级再说。明天吃了早饭，赶早儿就将娃娃送过去，中午的干粮也给娃娃准备好。”

贾俊明、李桃不敢怠慢，赶快应承着。

爷爷对贾玲说：去了好好学，听老师的话，回来后将学下的东西教给弟弟妹妹们。贾玲点头答应着。

贾玲希望有个花书包，或者解放军叔叔的那种黄挎包。可是家里都没有的，只有父母上工用的干粮袋子，除了装些干粮，还可以放一瓶水。

清晨，母亲李桃已将早饭做好。贾福去叫贾玲起床。早饭是大半碗苦荞面的散饭，上边盖着一层酸菜。

“赶快吃吧，还要赶路呢。”贾福催促着贾玲。

吃完饭，贾俊明背起贾玲走出了大门。爷爷贾福不放心也一同跟随前往。

一路上，贾玲看见了很多学生背着书包轻快地奔跑着，脖子上的红领巾随风飘动，全身充满活力。贾玲感到自己与他们之间的巨大差距。

不知不觉来到学校大门前，大门开着，学生们乱哄哄地玩耍着。

贾福说道：“她二爸让寻校长呢，可校长在哪里呢？”

一些学生将他们领到校长办公室的门前。

校长办公室的门开了，校长走出来热情地招呼他们。

校长指着门上用红油漆书写着“一年级”的一间教室，介绍着：“这是一年级的教室。孩子就在这间教室上课。”

教室里有二十多个土台子砌成的课桌。每个台子下边还有个土墩子，就算是凳子了。教室中间还有一个冬天生火取暖的炉子。

校长正要说些什么，叮铃铃的一阵铃声响。校长对贾福说：“就要上课了，你们两个先回去吧，这儿有班主任老师呢，我和她说一下。”

贾福、贾俊明千恩万谢地离开了。

校长对一位姓郑的老师说，这是公社安排来的旁听生，暂时先坐在这里，过后慢慢安排。

校长走了，郑老师开始上课：“今天咱们开始学第二课《小马过河》，请同学们将书翻到第6页。”

整齐的翻书声，响遍着整个教室，像是刮过一阵风。

郑老师朗读了一遍课文，贾玲因为没有课本，只能拼命听，使劲记，搞得自己紧张得要命，手心里满是汗水。

然后，就是老师领读，同学们跟着读。

贾玲终于等到下课的时候，她这才松了一口气，但是依然坐在那里，一动不动。很多同学都用另类的目光看着贾玲。

课间休息，同学都去上厕所，然后打闹玩耍。可是贾玲不敢，纹丝不动地坐着，如同一尊泥塑。她内心希望有谁能走过来，问候她一句。校长、老师或者是任何一位同学。然而没有一个人过来。

第二节课开始了，这是一节算术课，由一个姓魏的男老师授课，他盯着贾玲看了许久。

下课后老师走下讲台，来到贾玲面前，问道："你的腿怎么了?"贾玲答道："狼咬的。"

老师突然想起那起意外伤人事件，盯着贾玲："原来就是你啊。"

旁边的同学们不断重复着"狼咬的""狼咬的"。这个词似乎成了贾玲的名字。

放学了，学生们急着收拾着自己的东西，大家要赶在太阳落山之前回家。何况还有"狼咬的"新闻要告诉家里人呢。

贾玲只能静静地等着爸爸来接。

回到家里，贾玲的第一句话就是："再也不去念书了。"贾福闻听色变，捋着胡须问道："怎么了，娃?"贾俊明一旁难过着，首先哭了起来，"把娃娃委屈死了!"贾福问他，他却也说不出个所以然来。贾福只好摆摆手，让他出去，单独询问贾玲。

贾玲说了全天经过，贾福一听就笑了，道："娃，这有啥呢，就是让狼咬的嘛，让他们说去。"

母亲李桃收工回来，听得大致情况，对贾玲说："这学不但要去，而且明天就自己一个人去。今天你爸两次请假，扣了四个工分。"

第二天早晨，贾玲起个大早，她喝了两碗妈妈做的酸拌汤，带着七八个煮洋芋上路了。临行前，她拿出了干粮口袋里爷爷留给她的一个疙瘩糜面馍馍。

自从出事之后，贾玲从未走过这么长的路。她的腋下被拐杖磨得生疼。但她咬紧牙关，咔嚓咔嚓地一步一步坚持着走着。

当她跨进校门的一瞬间，她的眼睛模糊了，她觉得自己是能够克服困难的!

就这样，贾玲开始了她的求学之路。

第四章　另类

冬天临近了，学校的“凳子”已经变得十分冰凉。很多同学们都拿一个垫子垫到屁股下边隔冷。还有的同学索性就薅一把草垫着。贾玲拿来爷爷的两只破棉鞋，垫着坐着。

课间休息时间，有的同学拿着两只破棉鞋当足球踢。他们每踢一脚，嘴里还不停地唠叨着“踢烂狼咬的破鞋”。贾玲听到耳里，伤心至极，低声抽泣。

后来有的同学把这一情况汇报给校长，校长很生气。他对贾玲的班主任老师说，一定要遏制这种现象。孩子身体受到创伤，已经很不幸了，不能再在精神上受到伤害。校长对那些搞恶作剧的同学进行了严肃的批评，并让他们向贾玲道歉。

贾玲已经离不开学校了，离不开那种喧嚣的学习环境。她恐惧一个人时候的孤独。她喜欢穿越那段蜿蜒的山路，将自己融入到学习的集体中，成为其中的一分子。不再像之前那样整天呆呆地仰望天空，让孤独和迷茫缠绕着自己。

这天，学校运来了一个铁制的大家伙。很多老师还有高年级的学生都帮忙一起抬。贾玲不知道这个铁家伙是干啥用的。她见老师和同学们将铁家伙立到了校园的一块空地上。

大家的脸上流露着欢快的喜悦神情。这时贾玲听见校长喊着：“张老师，到我办公室里把篮球拿来。”教体育课的张老师跑步到校长办公室，将一个篮球从屋里拿来。他一路跑，一路拍，激起阵阵尘土。

然后，几个老师分成两组，拼命地抢球并向那个铁家伙的网兜里投掷。教体育课的张老师，还在嘴里吹着哨子，用手指指点点的。班主任郑老师被撞倒了，校长的鼻子也被撞出血了。但是他们还是无所顾忌地继续争抢着篮球。一时间，这场激烈的比赛，吸引了所有的学生与老师的目光。

贾玲却感到很疑惑，这是一种什么玩法，只能老师们争抢。第二天的体育课，张老师将那个圆球拿到了校园里。张老师让同学们围着那个铁家伙跑了两圈，然后指着那个铁家伙讲道：“这个叫篮球架，我手里拿的是篮球……”他看着学生们，慢慢地介绍着。

而此时的贾玲，只能静静地站在一旁羡慕地看着。此时她多么希望能和同学一起欢快地奔跑着。望着自己的残腿，贾玲只能无奈地叹口气。

天空下起了雪，鹅毛般的雪花，飘飘洒洒。

这天上课，郑老师向大家问了一个问题：火车大家都见过吗？同学们你看看我，我看看你，没有明白老师的提问是什么意思。尽管生于农村，长在山中，但是火车谁没见过？凤城山下，就有一条铁路穿过。每天，火车轰隆隆地经过，地动山摇。站在凤城山顶，远处的定西火车站也尽收眼底。

郑老师继续说道：“今天，我给大家讲个和火车有关的故事。”

她开始娓娓道来讲：

有一位11岁的小女孩儿，提着一个篮子，到火车站附近的地里去挖野菜……正当这小女孩儿穿过车站的时候，她看见，一节溜车顺着调车场的斜坡飞快地冲了过来……可是，此时铁轨上还有三个孩子正在不知不觉地玩耍，丝毫不知道危险已然临近。一旦他们被溜车撞上，不死则伤。

就在这个千钧一发的时刻，小女孩儿急速地向着三个小孩冲去。她先将一个不满6岁的男孩儿抱出了轨道，转身又把一个不满四岁的女孩儿抱出了轨道。这时，溜车距离铁道上的另一个小男孩儿只有两三米远了。危急之中，小女孩奋不顾身地冲上去，使劲将小男孩儿推出了铁轨……小男孩儿得救了，而小姑娘自己却被溜车无情地碾过，永远地失去了左臂与左腿，造成了终生残疾……

小女孩儿舍己救人的感人事迹迅速传遍了全国，她成了誉满全国的小英雄。她被接到了北京，参加了国庆20周年的庆典典礼。在北京天安门城楼的观礼台上，她受到了毛主席的亲切接见……

这个小女孩是谁啊，她叫什么名字啊？同学们焦急的等待答案。老师随后说，她就是湖南省株洲市的戴碧蓉小朋友。

同学们全都沉浸于激动与兴奋之中了，被小英雄的英雄事迹深深地感动着。

“贾玲同学，和小英雄戴碧蓉同学相比，我们还有什么理由不好好学习，好好生活呢。”郑老师慢慢走到贾玲身边，眼睛注视着她。

贾玲急忙撑着拐杖站起身来，激动得泪流满面。她被老师的良苦用心所深深触动。从此，贾玲不但记住了小英雄戴碧蓉，而且也记住了班主任郑老师，是她讲了这个令人奋进、自强不息的感人故事。

贾玲几乎等不到放学回家，她要急着将这故事，讲给爷爷、奶奶、爸爸、妈妈、弟弟妹妹们，还有所有自己认识的人们。

学期到了尾声，学校进行期末考试。

语文考试先是听写，然后将试题写在黑板上，让学生们抄题答卷。卷子是统一下发的一页方格纸。

算术考试只有写在黑板上的试题也让学生们抄题答卷。卷子也是统一下发的一页算术纸。

贾玲是旁听生，没发课本与正式作业本，而且没上第一学期，是从第二学期开学几个星期后才跟着上课的，所以考不考试都无所谓。可是，贾玲要求参加考试，她要检验自己的学习成绩。

结果，贾玲语文考了64分，算术考了62分。这个成绩，已属全班的中等水平。这可是同学、老师和贾玲家长都没有想到的结果。

贾玲得到了特别的奖励：一张信纸大小的小奖状。这令她激动不已。奖状是校长亲自颁发给她的。当她拄着拐杖慢慢地从领奖台上下来的时候，台下响起了热烈的掌声……

第五章　那时

不管多穷，孩子们总是盼望过年的。

往年，贾玲穿小的棉裤，就会转给贾珍去穿，然后缝缝补补，继续转给更小的孩子穿。可是今年不行了，贾玲的棉裤只有一条裤腿了。所以，母亲李桃给贾珍做了一条新的，将她穿小的棉裤转给贾环穿。可是，贾环不高兴了。为什么给姐姐贾珍的是新的，而给自己的是旧的。他这一闹，其他几个孩子也都跟着不高兴，都想要新的衣服。这下李桃可有些为难了。手心手背都是肉，哪个孩子不高兴都不好啊。

爷爷贾福捋着胡须，好半晌没说一句话。当李桃正要出门的时候，他说："把猪赶出去卖了，给娃娃们一人做上一套新衣服。"可将猪卖了，这年可怎么过啊？一年到头，可全指望这头猪了。李桃想让公公收回成命。可是贾福肯定地点点头，似乎在说，这件事就这么定了。李桃无奈地摇摇头，这家还是贾福说了算的。

次日，贾俊明遵照父命，将猪赶到集市去卖。中午时分，李桃也去集市找贾俊明了。李桃到了集市，猪还没有卖。贾俊明想卖 35 块钱，人家都嫌价高，一问价后扭头就走了。李桃将干粮袋子塞在贾俊明手中，小声说："不急，总有看上的人，咱这猪肥着呢。你慢慢等着，我先到商店里去看布。"

贾俊明一边吃着干粮一边等着买者。早上来问过价的一个老头，又来问了。当时他想出价 30 块钱，贾俊明没卖。这次老头又提出 33 块，他说："今天腊月二十八，过了明天腊月二十九，就没人杀猪了。"

贾俊明犹豫着没有答应。此时的市场里除了这个老头，再无其他人打问价钱。

太阳渐渐偏西，雪地上淡淡地反射着橙黄的光。李桃转了好大一圈回来，猪还是没有卖掉，直到集市散了。

老远的，那个老头佝偻着身体，又向这边走来。看得出来他是一个讨价还价的高手，专门在闭市后来扫便宜货的。

贾俊明和李桃商量着：稍微再争取一下，看看能否多一两块的，实在不行就33块卖给他。

可是，贾俊明和李桃完全低估了老头的企图。他笑着说："哈哈，刚才不卖，那就吆喝到自己家里去吧。隔年的猪，那可费食了。"

贾俊明说："33块钱卖给你。"老头瞪着双眼："哈哈，刚才给你价你不卖，现在23块钱我都不要了，还33块钱呢。"

贾俊明和李桃的心像被刀子戳了一下，丝丝的疼。李桃说道："23块钱，送人也不卖给你。"

老头冷笑着："再过一会儿，连鬼也都没有，还送人呢！"他装着大步要走的架势，"23块钱，卖不？"

这么肥的一头猪，才卖23块钱，贾俊明和李桃心疼得脸都变青了。但是，他们也知道，目前这种状况，再要想卖出高价的希望已经十分渺茫了，便只好哀求道："山里人，不容易，多给上一点吧。"他们还在希望老头先前的30块钱的出价。

老头摸着下巴，做着捋胡子的动作："这还差不多，心硬嘴硬，只能连本亏了。这样吧，25块钱成交了，多加两块钱。"

贾俊明和李桃十分失望。他们很小声地商量，算了，不卖了，赶回家。可是那猪走了两步就不肯动了，随地一卧，瘫了一般。贾俊明舍不得敲打，只用棍子轻轻地捣了两下猪屁股，猪也只哼哼两声依旧不动。

老头看着笑道："你能将它赶回去吗？现在它可是玉皇大帝的天蓬元帅，要人背呢。"贾俊明、李桃抬头看了看更加暗淡的天色，无奈地交换了一下眼神，25块钱就25块钱吧，卖了算了。他们的声音那么小，就像两只蚂蚁的悄悄话。但是狡猾的老头还是从他们的神色中看出端倪。老头乐了，他将钱塞到贾俊明手中，生怕贾俊明反悔，从他手中牵过绳子，猛打着猪的脊背，使猪神经反射地向前跳跃。再打，再跳跃。听着猪的嚎叫，贾俊明和李桃的心都碎了。他们一直眼巴巴地看着老头将猪赶过拐弯处，不见了踪影。

贾玲原本以为，爸爸改造过桌凳，将陪她的整个小学生涯。可是，升到二年级时，教室换了，她便与那桌凳分别了。贾玲看了二年级的桌凳，除了高些，还与一年级一样的简陋。贾玲很想让爸爸给自己改造一下，也有能放水瓶放干粮袋子的洞台。可她又想，等升三年级时，恐怕又得分别，便打消了这个念头。

不过，也有令贾玲高兴的事情，她终于有了自己的书和作业本。她将指头放在舌头上，蘸些唾液，翻开了书皮。

“贾玲，看你脏的……”郑老师已经看见贾玲的举止，微笑地劝告她。可是，贾玲还没明白老师的意思，愣楞地待着。郑老师只好走下讲台，指指贾玲的手，又指指课本。贾玲这才发现，书上已经印有一个黑黑的大指印，她顿时羞得满面通红。

新书下发后的一项重要工作，那就是包书皮。老师是要检查的，如果谁没包好，还要重新包。老师知道，书到学生手里，还没用几天，就会被搓揉得四角翻卷，犹如干枯的包谷叶子。

包书皮，当然牛皮纸莫属。可是在那物资紧缺的年代，别说牛皮纸，即便废报纸也是很少见的，特别是在农村。

最后，贾玲忽然记起，二爸贾光明家有个水泥袋子，是牛皮纸的，这一下书皮算是有了着落。

第六章　天降

一日，“轰隆”一声巨响，震得地动山摇，房屋都微微颤抖。声响很近，就在贾玲家的后院崖上。全家人好半天都没缓过神来。良久，贾福这才战战兢兢地说道：“老四，你去看看是怎么回事，我感觉就是在咱家后院的崖上。”贾俊明答应着，李桃也要一块去。

二人还未攀到崖上，就已看见一个庞然大物，躺在崖上自家的自留地里。贾俊明、李桃惊得面如土色。

眼前这个明亮的庞然大物，是架失事的直升机。从破碎的窗子里看见，有几个人斜躺着，一动不动的。李桃大声呼叫着：“快来人啊，快来救人啊!”

在快散架的机舱里，贾俊明摇了摇其中的一个人。那人醒来，他说了一句话，可是贾俊明一句也听不清。贾俊明仔细定睛看，发现机舱上还有两人，躺在后边。从衣着上贾俊明认得，他们是解放军。庆幸的是他们都活着，只是受很重的伤。

受伤的解放军被抬到贾福房间。贾光明赶快喊来赤脚医生张新社，自己则骑上自行车，速去公社汇报。

路上贾光明猛踩脚踏板，自行车犹如脱缰野马，飞出一道弧线……

一进公社的院子，贾光明便一头向着公社书记的门撞去，“祁书记，不好了，一架飞机跌到我村了，还有几位解放军同志也受伤了。”公社书记祁孝也被吓了一跳，他睁大眼睛，“你说啥?”贾光明又重新叙述了一遍。祁孝书记赶紧拨通了电话：“喂，麻烦接县革委秦主任……”

县革委会秦主任领着一帮人，大汗淋漓地拥进贾福家院子。军分区薛司令、武装部白部长、县革委秦主任、县医院车院长等人走进到了贾福房里，看望伤员。薛司令先让县医院车院长检查一下伤员的伤情。车院长又一次见到了赤脚医生张新社。他看到张新社对伤员的紧急处理非常正确，便当着各位领导表扬道："这位年轻人，虽然只是个赤脚医生，但是技术很过硬，每次的急救处理都很到位。"县革委会秦主任看了一眼张新社，点点头："好啊，那就该好好重用一下。"一番话把张新社的脸羞得通红。

一番检查后，车院长汇报道："一位是股骨骨折的，倒无大碍，关键是一位伤员的腰椎骨可能骨折的，这个比较麻烦，需要紧急送到兰州军区总医院，或者更大的医院。还要快，免得延误时间。"

薛司令点头说道："秦主任、白部长，车院长是医疗专家，那就按车院长的意见办吧。"

夜幕降临的时候，好几个军用帐篷已经撑起，还从县里调来几个民兵，守卫破损的飞机。贾福家的后院崖上已经戒备，任何人都不能接近。

白天的喧嚣渐渐消失。静谧的夜，伴随着天空一轮孤独的明月。贾玲躺在炕上默默地回味着戴碧蓉的故事，一遍，两遍，直到进入沉沉的梦乡……

第七章 转 捩

光阴荏苒，如驹过隙。1975 年的冬天，贾玲小学毕业了，但此时她已是 17 岁的大姑娘了。四年半的学习时光，一瞬而过。她又一次来到学校，默默地与校园里的一草一木告别。望着眼前熟悉的一切，回想着那些难忘的喧嚣，贾玲不禁潸然泪下。她仰望天空，看着掠过头顶的白云。多么希望白云能将自己带走，遨游在无边无际的天空。

贾玲从篮球架下经过，耳边响起张老师曾经毫不客气地喊声——“贾玲，躲远些，一旦撞上，那可承受不住!”这声音仿佛就在昨天。

贾玲又来到一年级教室的窗口，看着她那始终不舍的课桌与凳子。还有曾经的同学们。有个叫麻小强的同学，对了，还和他打过一架呢。麻小强很聪明也很淘气，他曾经把她的拐杖扔到房顶上……他早已经不上学了，三年级时就到社里劳动。他比贾玲大两岁，现在的他，早已是膀大腰圆的大小伙了。

落日的余晖，将贾玲的身影拉长。贾玲看着自己长长的影子，心想，花季的自己，应该是亭亭玉立的。然而，此时的自己……贾玲无奈地摇摇头。

随着身高的增长，贾玲所用的拐杖已经接过两次了。这一次，贾福决定不接它了。他让贾光明找人给贾玲做副像样的、正规的拐杖。因为贾玲考上县东方红中学了，他要贾玲体体面面地去县城上中学。

在跨河的永定桥上，人们常常会看见一个撑着拐杖消瘦和吃力的少女身影，艰难地从桥面走过。这里是贾玲到东方红中学去上学的必经之地。每一次，贾玲都觉得总有一些乐此不疲的目光盯着自己，品头论足。知道吧，这就是前几年，凤城山后狼咬的……这些贾玲早就习惯了，嘴长在人家脸上，让他们说去吧。

东方红中学是县重点中学，不同于金凤小学。第一次到学校，贾玲就被学校的环境惊呆了。整齐的楼房，绿树环绕的校园，气派的教学楼，令人目不暇接。

贾玲没有想到校园这么大，找了半天，才终于找到了自己报名的地方。

班主任李衡，高大魁梧，靖远人，是教语文的老师。他将贾玲扶到办公桌旁边的一把椅子上坐下，然后在报名登记册上填写着贾玲的基本情况。

贾玲稍微扫视一下房间，这是一套带套间的房屋，明亮宽敞，整洁舒适。

学校将贾玲的报名费、学杂费、书本费等都给免了，县教育局早就发了通知。书很多，除了语文、数学，还有物理、政治、历史、地理、生理卫生等。本子也很多，大大小小的一厚叠。李老师一本一本熟练地帮她领取。

走进教室，贾玲习惯性地选择了教室最后墙角的那个座位。

学生们陆续到来，各自挑选着自己认为喜欢的座位。很多人笑逐颜开，前后左右地打着招呼。仅凭穿着，贾玲就知道他们都是城里的孩子。

上课铃声响起，李老师走进了教室。随后又有两个学生跑进了教室。李老师用犀利的目光，盯着他们坐好。或许是第一次，李老师并没有批评几个迟到的同学。他看了看大家，说道："根据在原校的表现、学习成绩及其担任班干部的情况，现在我宣布：黄丽为班长，白新胜为学习委员，杜将为文体委员，孟勇国为生活委员。"李老师转身，将确定的班干部名单飞快地写在了黑板上。粉笔划过黑板，发出"吱吱"地摩擦声。

"明天早上十点，举行开学典礼，同学们准时在教室门前集合。下午正式上课，现在放学。"老师的讲话干脆利落。

一阵桌椅板凳的响动，贾玲等着其他学生都已出门，这才拄着拐杖起身。李老师走到贾玲身边："书本就不要背回去了，放在教室里吧。"但是，贾玲解下了一块红围巾，小声地说："我二妈要看看哩……"李老师明白贾玲的意思，帮她铺开她的围巾，将书包好，挂在了贾玲的脖子上。贾玲有些害羞，脸就像围巾一样红红的。

李老师让开身来，让贾玲过去。贾玲慢慢地走了两步，回过头来向老师点点头，"谢谢老师"。李老师叮嘱着："赶紧回去吧，到家天就黑了……"

开学第二天，便是小检测，看看同学们小学的语文和算术的学习情况。贾玲没有想到中学的考试，会这么突然，事先没有通知，搞得大家一点准备都没有。

一看语文试题，贾玲便有些傻眼，题目十分陌生。她只觉得浑身热血上涌，头脑一片空白。

考试的时间一分一秒地过去了，贾玲强迫自己静下心来。终于发现，有道填空题，应填“蹚”字，“旧社会，沟底没有桥，农民必须蹚着泥水过去”，这是在小学课文《小马过河》里学过的。贾玲肯定地填上了“蹚”字。贾玲看了看，还有几道题，自己也会答。但是此时已有一些同学开始交卷了。贾玲羡慕地看着他们表情轻松的样子，似乎在说这些题也太小儿科了。

等到下课铃响，贾玲连三分之一题都没答完。

算术检测，更是糟糕。测验结果，贾玲语文考了29分，算术考了18分。而且这张糟糕的成绩单就在教室黑板上贴着。

虽说只是一次小检测，但它是一次全年级成绩摸底，是全班实力的显示。毋庸置疑，贾玲拖了全班的后腿。

贾玲趴在课桌上，用围巾将脸蒙得严严的。中午，等待全班同学散去，贾玲才大哭一场，然后有了退学的念头。她，不想上学了。

贾玲一连几天在家里不停地哭泣，也没有到学校去。

这天，随着大门“吱呀”一声响，院子里一个声音询问着，“贾玲同学在家吗?”爷爷贾福急忙起身出去：“你寻谁?”那人道：“老先生，贾玲在家吗?”贾福问道：“请问你是……”来人微微弯了下身子，道：“我是贾玲同学的班主任，我找贾玲有点事情。”一听是贾玲的老师，贾福急忙伸开双手迎接，他正为贾玲的事情发愁呢，老师正好寻家来了。

李老师说：“老先生，学校要求走访每一个新生家长，我让贾玲先在家里等着，结果一连忙了两天没顾着来。”李老师说了一个善意的谎言，解了贾玲的窘迫，她没将考试的事情告诉家里。李老师还不停地表扬着贾玲。她说，贾玲很质朴，很上进，是金凤小学的骄傲。还说，贾玲同学意志非常坚强，这是所有同学们都不具备的。如果进一步努力学习，会大有前途的。

进到屋里，看见贾玲，老师轻轻拍着贾玲肩膀：“别人没有的经历，正是你的财富。吃尽苦中苦，才为人上人，相信你一定能够撑起一方自己的蓝天!”

听了老师的话，贾玲顿时热血沸腾，有了坚强的信心。

雨是春天浓重的雾里掉下的晶莹泪珠。蒙蒙细雨中贾玲没有伞，有伞她也不能打，她的两只手只能用力撑着拐杖。贾玲索性让春雨浇灌自己心境，荡涤着心中的浮躁与失落，让美妙在自己的心田生成。

山色在雾里时隐时现，从小在山里长大的贾玲似乎从未这么清晰的欣赏山村的美景。大山羞答答萌萌般犹如情窦初开的少女。她忽然觉得，自己就是山的精灵，山的女儿。

道路变得柔软湿滑，贾玲的脚与拐杖深深地陷进泥里。贾玲索性将鞋脱掉，挂在拐杖上，然后赤脚感受着泥土的温润。泥泞的金凤坡，不是那么好走的。贾玲不断地滑倒，全身一片泥泞，全身骨折般的疼痛。贾玲轻轻地呻吟着，似乎就要爬不起来了。

正在这时，一双大手似乎从天而降，将贾玲轻轻地扶起。贾玲以为是爷爷或者是爸爸，正庆幸他们来得及时。但是一抬头，一张既熟悉又有些陌生的面孔。啊，他就是曾经那个拆了自己桌凳，将自己拐杖扔上房顶的小学同学麻小强。

“赶快，先到山洞里去躲躲雨。”麻小强扶着贾玲说。此时贾玲十分狼狈，全身湿透，瑟瑟发抖。她不知道说什么才好，只是感激地点点头。

“这么晚才回家呢?”麻小强看着贾玲，像是大人一样地询问着。

贾玲小声地回答：“在路上耍泥玩呢。”

麻小强笑道：“泥有什么好耍的，在咱金凤沟，从小就玩泥长大的。”

贾玲有点怀念地说道：“自从上学之后，再没有玩过。”提起上学，麻小强由衷地敬佩道：“你学习成绩好，是咱们金凤小学的骄傲。”

贾玲记起三年级时麻小强就已辍学劳动了，便问道：“你聪明得很，怎么不念了?”

麻小强叹息道：“唉，家里穷得很，供不起了。我是老大，只能到社里挣工分了。”

贾玲仔细打量一下麻小强，长期的劳动使得麻小强已经变成一个大小伙子了。她有些伤感地问着麻小强的近况。

麻小强告诉贾玲，他已结婚成家了，和父母分家另过。去年借钱盖了两间房子，搞得自己现在一身债，日子似乎更穷了。听到这些贾玲越加伤感了，“干吗那么早结婚呢?”麻小强无可奈何地说，“从小占下的，父母害怕别人领去呢。”

是啊，在这穷山沟里，女孩子早婚似乎是一条不成文的规矩。想想看从小一起玩耍、拔草的马莲、蔡萍、刘小等不也早早就嫁人了吗。

雨，丝毫没有停歇的意思，依旧淅淅沥沥地诉说着大山的凄凉。然而，贾玲必须得回去了，要不家里人就着急了。麻小强蹲下身子，“来，我把你背上，送一截子。”贾玲胆怯了，她从来没有接触过男人的身体，她觉得麻小强的脊背就是长着刺的刺猬，不敢靠近。

麻小强催促着：“来，雨下得很大，没人看见。”麻小强一直蹲着身子，等待贾玲。但是，贾玲依然迟疑着。

麻小强吓唬道：“那你一个人在山洞里待着吧，我可走了。”贾玲一听他要走，心里一急，身不由己地趴到了麻小强的脊背上。渐行渐远，一个重叠的背影，消失在泥泞的雨夜之中……

清晨，贾玲早早来到学校等着教室开门。她虽然有残疾，还要行走四五里的山路，然而她常常是第一个到校，让那些急急忙忙踩着铃响进课堂的同学大为不解与羞愧。

一天课余，贾玲沐浴着阳光在校园里慢慢地闲逛着，这也是锻炼自己腿力一种方法。来到一处花园旁边的房子旁，见门口挂着一块“图书馆”的牌子。贾玲想进去看看，可一连几天图书馆的房门都是紧闭。贾玲不明就里地问李老师，为何图书馆老锁门？

李老师解释说：“图书馆不是每天都开放。只有每个星期三、六下午课外活动时开放。”听后贾玲一阵欣喜。她想，到开放的时候就去借几本书，以后每天中午饭后有闲暇的时间，就可以看看书了。

可是，贾玲高兴过早了，李老师接着又说，只有高中学生才能办理借书证，借书阅览。一听这话，贾玲的心绪又一下子降到了冰点。见她失望的神情，李老师有点于心不忍。他略思片刻说道：“这样吧，我给学校领导申请一下，看能不能破格给你办一个。”贾玲点点头，只能寄希望于李老师了。

随后的一个星期，贾玲每次见到李老师，都希望李老师能给她带了好消息。可是每次见到李老师，他都什么也没说。贾玲心想，是不是李老师工作忙，将借书证的事情忘记了。她想提醒李老师一下，可始终没敢。她只有遇到李老师的时候，拄着拐杖，慢慢地从李老师身边走过。

这天中午，贾玲吃过饭，闷闷不乐地做着作业。李老师走进来了，垂头丧气地说：“我找了教导主任和校长，他们说一旦破规，那就一发不可收拾，想要破规的学生太多了。”

李老师掏出一个牛皮纸的小本本，说：“这样吧，暂时咱们两个先共用一个，好在问题的关键在于读书，而不在于拥有一个借书证。”

贾玲的眼前一亮，是啊，这是一个多好的办法啊。只要有书看不就行了。李老师看看她，说道：“今天下午开馆。你先去借一本《钢铁是怎样炼成的》看看吧。”贾玲兴奋地点点头。

贾玲很快借到了《钢铁是怎样炼成的》这本书。书的扉页醒目地写着——人生最宝贵的就是生命。生命只有一次。人的一生应当这样度过：当他回首往事的时候，不会因为碌碌无为、虚度年华而悔恨，也不会因为为人卑劣、生活庸俗而愧疚。这样，在临终的时候，他就能够说：我已把自己整个的生命和全部的精力献给了世界上最壮丽的事业——为人类的解放而奋斗。

贾玲从未见过这么精辟而又荡涤灵魂的语句。她觉得，一种崇高的信念，使得自己热血沸腾。她急切地又将这段语句读了一遍。

贾玲目不转睛，一口气读了几十页，直至浑身酸麻。贾玲挪动一下身体，接着再读。她的爱憎，她的情怀，她的思想，她的信念，不由自主地被书中的人物和情节所吸引。她心潮澎湃，热血沸腾，激动不已。

她用整整一个星期的时间，读完了这本厚厚的书。她觉得这部名著宛如一座灯塔，照亮她苦涩心海。又如同一座钢塔，屹立在她的灵魂深处。她不再为自己的命运哭泣了。比起书中的主人公保尔·柯察金，自己这点伤又算得了什么呢？保尔坚强意志和伟大的理想，使他身残志坚，为了革命事业贡献着自己全部精力。和他的革命英雄主义相比，自己的精神世界显得是多么的渺小啊。英雄的精神震撼着贾玲的心，她不再彷徨，不再失落，她要努力改变自己的命运。

贾玲又将《钢铁是怎样炼成的》一书读了三遍，每一遍都是血与火的熔炼。她觉得，自己与那身残志坚的保尔·柯察金相比，自己完全属于身体健全的人。

还书的日子到了。贾玲还了书内心感到空荡荡的。她真希望这本书能一刻不离地握在自己手中，陪伴自己，与自己的心灵一起前行。

贾玲又陆陆续续地借了《童年》《在人间》《我的大学》等很多名著阅读。贾玲自己有时候都感到奇怪，书籍竟会这么不可思议地令她痴迷。她感叹和信服文学的震撼力，推高了她的视野，激活了她内心生命的活力与激情。她在暗暗地下着决心，自己也要创造不平凡的人生，用行动书写一部人生励志的书。

直到初中毕业时，贾玲才将借书证还给李老师。李老师接过借书证，看着日渐成熟的贾玲，满意地笑了笑。

第八章　世　面

偶尔，贾玲也会溜出校门到大街上去逛逛。她对繁华的县城依然知之甚少，一种诱惑吸引着她。

出了校门，有两条路可走。一条是正对校门的正路，一条是出门右拐的东路。

今天贾玲顺着正路走去，慢慢来到了繁华的街区。前方不远处，贾玲听见轰隆隆的声响，似乎道路两旁的墙壁都在颤动。贾玲好奇地加快了步伐，她要看看前边究竟发生了什么。

越往前边，轰隆隆的声音越大，震动的感觉也越明显。她到达路的尽头，向左一拐，几间陈旧的老商铺，呈现在贾玲眼前。

贾玲看见老商铺的门口，一把椅子旁边也立着一副双拐。贾玲惊奇，这里也有人使用着双拐吗？贾玲聚焦目光，只见阴影中，一个双腿都有的人坐在椅子上闭目养神。他的面庞黑黑的，然而不是皮肤的黑，是种什么东西沉积的结果。他的衣服也是黑黑的，几乎遮去了原有的蓝色。贾玲故意将拐杖弄出咔嚓咔嚓的声音，但是轰隆隆声音太大了，那人没有听见。贾玲只得大声叫喊，让他睁开眼睛。那人只将眼睛睁开一条缝隙，瞄了一眼。可当看到贾玲身影，他便立即睁大双眼。也是一个使用双拐的残疾人，而且还是个女孩子。“姑娘，有事吗？”他发出低沉沉的声音。

贾玲看看他的表情，又向老商铺里张望着，问道：“这么大的响声，里边在干什么啊？”

那人拄着双拐，慢慢站起身来，道：“锻床，机械锤，砸钢钎着哩。”贾玲这才发现，那人双腿扭曲，严重残疾，只能借助双拐，双腿一起向前慢慢移动。

贾玲心痛地想，自己虽然独腿，架拐还能行走。这个人的腿比自己还要困难得多。为了不伤害对方心情，贾玲没有问及他伤残的来由，只是又向房间里张望着，满眼充满好奇的目光。

那人声音低缓，慢慢地说道："里面是城关镇的螺帽加工厂，我是看门的，平时为工人们烧点开水什么的。"

贾玲心想，这人的伤残比我要严重得多，还能出来工作，自食其力。自己也完全可以胜任这种工作，甚至比这复杂些的工作也是能干的。

贾玲再次打量那人的相貌，一种同病相怜的难过使她眼眶湿润。贾玲轻轻地问道："我能进去看看吗?"那人点点头说："进去吧，小心一点，注意安全。"

贾玲挪动双拐，朝里走去。房间四壁都是黑色油渍，落着一层厚厚的尘土。房间中间立着一个高大的铁家伙，方形的大铁头不断地上下运动着，每下来一下就伴随着一声巨响。一个身穿蓝色工作服的女工双手握着一段前端烧红的钢钎，正在大铁头下冲锻。

在这铁家伙的旁边，一座特大的火炉在鼓风机的吹动下还在红彤彤地烧着同样的几根钢钎。女工将冲锻好的钢钎，在一铁盆水里一蘸，然后随着"呲"一声同时冒起一股水汽，在将粗笨的钢钎摔到一边，从火炉里再拿下一根钢钎冲锻。

女工没有看见贾玲，依然专心地干着活。贾玲心里佩服看上去这么弱小的女工却干着这么沉重的工作。沉重的钢钎在她手中轻松翻舞，像一把轻柔的舞扇。眼前的一幕让贾玲联想到了五元钱上炼钢工人的形象。他手中的钢钎就和女工手中的一模一样，说不定炼钢工人用的钢钎，就是这个女工制作的呢。

那位看门人也拄着拐杖挪了过来，还是语气低缓，近乎有气无力地说道："这家伙叫冲床，震动大得很，要不是这旧房子房架结实，怕是早就震塌了。"

贾玲又环顾一下厂房，檐牙刁啄，钩心斗角，鳞次栉比。贾玲很是好奇，这么复杂的房屋结构，迷宫似地分布着，别说过去，就是现在，也算是相当宏伟的建筑了。

此时贾玲还发现，房间里还有其他一些形态各异的铁家伙，也发出细脆的声音。这些削铁如泥的家伙们，铁块在它们手里，就像粉团一样，被揉来揉去。身穿工作服的工人们都在紧张忙碌地工作着。

这间加工车间，令贾玲眼花缭乱。这时走来一个领导模样的人，朝着贾玲和看门人厉声说道："谁让你们进来的？这里是车间，不是公园，磕了碰了怎么办？赶紧出去。"

贾玲想这人一定是这里的领导，我和他要求一下，要是也能到这里来工作那该多好啊。哪怕就像这位残疾人一样，给工人们烧烧水看看门也行啊。

贾玲突然为自己的想法感到有些激动。然而现实则远没有她想象的那么好，且不说她的体残就根本无法在这样的单位工作，就是从资格上她也不具备。这里都是要招收具有城镇户口的人。自己来自农村，是没有资格的，等待自己的或许只有那片广阔天地了。

被人一番教育之后，失落至极的贾玲拄着双拐，慢慢地走出厂房，再也没有回头……

虽然在工厂碰了壁，但贾玲逛街的兴致丝毫不减。只要时间允许，她都要拄着双拐去转转。她不想封闭自己，要不断开放自己的视野，见见世面。

时间长了，她拄双拐杖的样子，人们看着也就习以为常了，无非就是一个缺腿的女孩儿。贾玲自己也不再为缺腿而感到胆怯而难堪了。其实，这也是一种锻练，在生活的环境中锻练自己，变得坚强，加大内心的承受能力，这是必须经过的一关。

这一天，她又发现了一个热闹的地方，那就是电影院。开始贾玲根本没有电影院的概念，她甚至不知道人们都拿一张蓝纸条进去的。门口两边站着两个守门的人，都身着没有领章帽徽绿军装，左臂戴着“值勤”的红袖章。在那个时代，绿军装很时髦，尤其是年轻人，如果能有一身绿军装穿穿，那是最惬意的事情了。

“有票没？”一个守门的人喝住了也想跟着人群进去的贾玲。经过一番解释贾玲才知道他是问自己要那张蓝纸条。她看着满地飘落的“副券”，小声地说，“没有。”守门的人说：“赶快买票去，马上就开演了。”贾玲心想，买票一定很贵吧，贾玲下意识地用手摸了摸那个隐秘的口袋，尽管有钱，但是贾玲还是有一些舍不得。算了吧，钱一定要留到最需要的时候。贾玲咬咬牙，拄着拐准备离开。

这个时候，另外一个守门的人说：“老陈，里边人还没有坐满，就让她进去看看吧。”“好吧，进去吧”守门人朝贾玲点点头。

贾玲感激地说了声谢谢，拄着拐慢慢走进电影院。这时一位服务员走过来说：“里面黑我扶你进去。”她扶着贾玲进去，安排她在边上一个座位坐下。一会儿电影就开始了。今天放映的是故事片《地道战》。这是贾玲第一次进电影院看电影。自己很庆幸遇到这么多好人。凑巧今天下午是体育课，贾玲去不去都无所谓，她就踏踏实实、津津有味地看完这场电影。尽管这部片子以前在村子里已经看过了。

第九章　抉　择

光阴荏苒，日月如梭，转眼已是1978年春季了。按照往年，贾玲两年的初中学业就该毕业了。可是国家又将春季招生改回过去的秋季招生，所以，贾玲不得不像其他学生一样，再读半年的初中。

那时，高考已经恢复，整个社会都开始重视学习了。这半年来贾玲一直在认真学习，备考定西卫生学校。她一直都在盘算，如能考上定西卫生学校，毕业后当个什么检验员之类的，工作就基本上有了着落，今后的生活也就有了保障。

可是，贾玲的父母却给她泼了一瓢冷水：家里没钱，他们不想让贾玲再念书了。父母的意思是让贾玲尽快嫁人成家。贾玲已经整20岁了，在他们那里，20岁的女子，有的孩子都四五岁的。

这两年通过学习，贾玲的思想、性情、观念、习惯、气质早已今非昔比了。脱离贫穷的农村，成为城里人，已成为贾玲铁打的信念。哪怕飘落为一片残叶，也要在城里的角落里自生自灭。对于身体残疾的贾玲来说，只有通过考学才有可能留在城里，其他任何途径都是不现实的。如果不让贾玲继续考学，对她来说，无异于釜底抽薪，断送前程。

贾玲从未这么苦闷过，即使失去一条腿的时候，她都乐观地面对着。

阵阵春风吹起，尘土夹杂着枯草漫天飞舞，令人感到窒息。贾玲不由得想起两年前的这个季节，刚来东方红中学的她，陌生、好奇和喜悦，各种想象、憧憬与美好织成了一片幸福的蓝天。她像一只快乐的小鸟，肆无忌惮地飞舞着。

不曾料到两年后的今天，她又将面临着要回到迷茫的从前，破落的家乡，回到孤独与失望之中。她哭了，哭的是那样的伤心，那样的无助，那样的悲悲戚戚。

泪水婆娑的双眼，模糊了春的风情，仿如若即若离的梦，使人犹豫、令人彷徨。

无法安心学习的贾玲，便想到大街上去转转。但她漫无目标的地闲逛着。眼前的一草一木，一砖一瓦都像熟人般的和贾玲打着招呼。贾玲却不敢和它们对视，生怕它们从自己的眼中永远的消失。其实贾玲内心很想与每一条街道诉说些什么，说说不舍的情怀，说说来日的梦想。

东大街的铁匠铺，是她最爱去的地方。砸烟筒、砸铁桶、砸簸箕的叮叮当当声音，是那么富有节奏，那么的悦耳动听，简直就是美妙的音乐。可是，遗憾得很，今天铁匠铺前打扫得干干净净的连垃圾都没有，且大门紧闭，像是生怕与她见面似的。

贾玲只好慢慢转身离开。转了好一大圈，贾玲又将孤独带到了螺帽加工厂的门口。贾玲本想顺着正路回到学校去的，可是轰隆隆的锻床声又将贾玲的心强烈地震撼了。她想最后看一眼高大锻床和那腿也残疾的大哥。自从那次认识了那位残疾大哥，她一直都想知道他的名字和残疾的原因，可她一直没敢过来问。

当贾玲出现在残疾大哥的面前时，他如同一根扭曲的弹簧“弹”了起来，“快毕业了吧，从那次后你再没来过，有时我看见你从门前走过。”残疾大哥似乎有些局促的询问着贾玲。

贾玲看着他，有点羞涩，更有点心疼。她微微笑了笑：“还得延长一学期，现在变成秋季毕业了。”然后，贾玲慢慢地朝车间走去。那位残疾大哥急忙跟进，他似乎怕贾玲有啥闪失。

贾玲忽然停住脚步，背对着那位大哥：“大哥你叫啥名字？”

残疾大哥没料到这一步，差点撞到贾玲的后背上，“啊，啊，我叫杨民”。他停顿了片刻，“那你呢？”

“我叫贾玲。”

贾玲终于又一次看见了高大的锻床。她停留了一会儿，咬咬嘴唇，心满意足地转过身来，脸上似乎挂着一种坚定的信念。

她跟着杨民来到值班室，她想说声告别，以后再也不会来了。可是，杨民给她倒了一碗水，让她坐到床沿上。“你还要上高中吗？”杨民问道。贾玲刚要端碗的手，忽然停滞在半空，像段横斜而干枯的树杈。一句话未说，已经泪雨横飞。

一个女孩子，怎么能在值班室里哭泣呢，旁人看见了怎么办？杨民窘迫得涨红了脸，但他不会哄女孩子，急得连连拍着前胸。

好在贾玲的哭声戛然而止，她说，本来要考定西卫生学校的，可是家里没钱，不让念了。家里早就说下一个青岚公社的瞎子，要让结婚呢。

杨民一声叹息。他的眼睛也湿润了，他用舌头撬着嘴唇，“上卫校，伙食和学费全免，难道你家里人不知道吗?”

“我给家里人说了，关键是家里已经用了瞎子家的彩礼钱，现在没钱还了。如果等个二三年，瞎子家担心人财两空，所以现在就逼得不行了……”拿自己的前途去还彩礼钱，贾玲感觉十分无奈和不甘心。

唉，这些事怎么能跟还很陌生的杨民说呢，他自己也是残疾人，能有什么办法。贾玲突然意识到自己有些失控，急忙抹把泪水就往外走。转身的那一瞬间，她再次将目光投在杨民脸上，看到的是同样湿润的眼睛。

“我可以替你还一些……”看着远去的贾玲，杨民喊了一声，但他不能确定，贾玲是否听见。

午后的风冷飕飕的，一片凄凉……

这一学期，贾玲就是在这么消沉、颓丧的心情中度过的。她根本无心学习，只是将最后的留恋挂在学校的每个角落。她知道，学习对她已经毫无意义。她从内心深处已经打消报考定西卫校的念头。

毕业离校的这一天终于到来了，学校再也不能挽留任何学生了。贾玲心灰意冷，呆呆地，眼睛里连失神的目光都没有。她知道，今天踏出学校的大门，明天就将走入失落的人生。她多么希望能有一个什么地方，将她收留，就像漫天飞舞的花絮，挂在任何一棵树梢上。

班里 17 个女生中，唯有张慧兰是她最要好的朋友。她与贾玲同岁，都是 1958 年出生的。张慧兰也是延长一个学期，刚刚高中毕业，等着复习高考。当时已有小道消息广泛流传：国家将于十月份恢复高考。

张慧兰知道贾玲说的姓杨的大哥是谁，她瞪着怀疑的目光：“你喜欢他?”她用犀利的目光盯着贾玲。贾玲受不住张慧兰如同刑具一般的眼神，“不是的，就是早先好奇，曾到螺帽厂看过两次锻床，他是那里看门的。”

张慧兰坏坏地一笑：“同病相怜了，是吧?”张慧兰立即转换表情，一本正经地说道：“他比咱们大八岁，听说三岁的时候得了小儿麻痹症，落下了残疾，人还老实忠厚，家里条件一般。”

这天夜里，贾玲辗转反侧，像是左右翻滚的碌碡，几乎未能入睡，她不知道自己着了什么魔法，中了什么邪。

清早，贾玲脸也没洗地就去杨民上班的路上等他。为了掩人耳目，她不停地徘徊在去厕所的路上，假装是准备上厕所。

掩耳盗铃啊，贾玲的心思只能欺骗自己，哪能欺骗别人呢。张慧兰当面揭穿了，“已经晚了，他必须要在别人上班之前就将开水烧好。每天，他都凌晨四点上班，你现在是看不到他的。”

贾玲有些失落的脸红了，而且心也更加痛了。

吃早餐的时候，贾玲依然闷闷不乐。一块沉重的石头压在她的心里。张慧兰看得明白，悄悄对她说：“八成是你爱上杨大哥了，其实这样也好。如果你能与他结婚，你就可以留在城里啊。”

与他结婚就能留在城里，这无疑就是一道充满希望的曙光！贾玲的心里顿时亮堂起来，“嗯！”贾玲什么也没多想的就答应了一声，随后赶紧低下羞红的脸庞。

傍晚的余晖中一个扭曲的身影在不协调地移动着，杨民下班回来了。他的行走要比贾玲艰难得多，像一条扭动的蛇。远远地看见那个身影，贾玲已经心痛得似乎等不到杨民走到跟前了。她与张慧兰就在河滩公房的水房后边藏着，只等杨民下班回家。

“杨大哥，下班了！”张慧兰突然窜在杨民眼前说。

“啊，是！”杨民被张慧兰的突然出现吓了一跳，赶忙回答着。

接着，杨民意外的发现张慧兰身后的贾玲。他有些纳闷，贾玲怎会出现在这儿？

张慧兰稍微转身，指着贾玲，开门见山地说：“杨大哥，你看上她不，她想和你结婚？”

听到这话，杨民蒙住了，不知如何回答才好，他像木桩一样，呆呆地站着。

不管杨民如何感到意外与突然，也不管他回答不回答，张慧兰似乎像个家长似的为他们做了决定：“杨大哥，就这么定了，晚上你来一下，咱们详细商量商量。”在她看来，杨民必定是同意的。

自始至终，贾玲都没说上一句话，她只涨红着脸，像只待宰的老鸡婆。

傍晚杨民来到张慧兰的家。但他不是来商量婚事的，他只是想告诉贾玲，他只是想替贾玲还些彩礼钱，好让她能继续念书。

可是，张慧兰不依不饶，只让杨民说与贾玲结婚的事，其他的事情莫提。

杨民犹豫了，倒不是他不爱贾玲。像他这样的残疾人，能娶到贾玲这样俊秀姑娘，也是自己八辈子修行好啊，怎会不愿意呢。只是他担心贾玲六七年前就与人家瞎子订了亲。自己这么插一杠子算什么呢？再说，人家瞎子家会善罢甘休吗？

“可是，贾玲不爱那人，她不愿意，你说那能成吗？现在可是新社会啊。”张慧兰大声地强调着，坚决表明贾玲的态度。

看着一言不发的贾玲，张慧兰嗔怪地催促道：“贾玲，你倒是表个态么。”

此刻，贾玲清醒地意识到，此时的表态或许关乎到自己未来的一生。只能豁出去，撞大运吧。她低下头，涨红着脸，低低的声音说：“我要和杨大哥在一起。”张慧兰听后大声地喊道：“杨大哥，你听见了吗，贾玲要和你结婚呢。”

话说到此，杨民哪有不同意的道理。只是还给自己留了条后路：“全由你们去整，出了事情我可不负责啊。”

行了，能有这话，张慧兰也感到满意了。

其实杨民的心里也是一块石头落地。自打听说贾玲想和自己结婚，真把他搞蒙了。他不知道这是修了几辈子的福分。自从见到贾玲第一眼，他就从心里喜欢。贾玲浓密的头发，高高的个头，清秀的脸庞，是一个标准的漂亮女孩儿。要不是飞来横祸，失去一条腿，这么好的姑娘八辈子也落不到他杨民头上啊。

这一夜，杨民失眠了。兴奋之余，他在担心贾玲能否退的了订婚。

贾玲想着怎么和家里人说。她知道，家里肯定会用“那你就将人家的彩礼还了”来要挟自己。将近1000块钱的彩礼，这是个天文数字啊，杨民能有这个能力还吗？

倒是张慧兰常常攥着拳头，在贾玲面前挥舞：当断不断，必受其乱。人生的十字路口，牙咬紧，心要狠。

这道理贾玲明白。如现在不下狠心，和一个自己根本就不爱的人生活一辈子。那种痛苦的煎熬还不如死了干脆。但是眼下要说服家里人也不是件简单的事情。为了先摸摸家里人的底线，她请张慧兰先去家里走一趟。

在去贾玲家的路上，张慧兰把设计好的游说攻略不断完善。凭着必胜信念，向贾玲家挺进。

在贾玲家，张慧兰巧舌如簧，天花乱坠：就像贾玲那么招人疼的女孩儿，别说后山里的，就是在城里的也不至于找个瞎子，起码要有工资和供应粮的。杨大哥小的时候得了小儿麻痹症，腿脚虽不太灵便，但相貌堂堂，最主要的是人家有工作的城里人，家里条件比那家人不知强几百倍。虽说腿有残疾，可上门提亲的人多了去了。开始介绍贾玲人家还不太乐意呢，后来反复说咱贾玲家人好，性格好，人家才同意这门婚事的。贾玲一过门就是城里人了，有户口吃商品粮，将来再在城里找个工作，给你们生个大胖孙子，你们就偷着乐吧。贾玲在城里安了家，日后你们进城也可有一个落脚的地方啊……

张慧兰嘴唇翕动，双手翻飞，描绘着五色斑斓的美景图。

李桃、贾俊明睁着眼睛努着嘴，好像吃到一块美味的肥肉。他们相信并且渴望张慧兰所描绘的美景。但是现实的状况，让他们心灰意冷。他们叹息瞎子家的彩礼，已由最初的几百块钱利滚利的变成现在的1000多块了。这一天文数字让人想想都浑身发麻。

就为这事发愁啊，张慧兰好像自家开着银行似的轻松，"这有啥难的，让人家杨大哥翻翻箱底，区区一千块钱还给他们就是了。关键是要看人家杨大哥愿意不愿意帮助还钱。所以才要你们赶紧表个态啊，同不同意这门婚事啊。"张蕙兰一下子就把贾玲父母逼到墙角了。

这好事哪有不行的道理。李桃、贾俊明抑制不住内心的激动，想象着一千块钱，那么厚的一沓子钱，自己不出一分就能还给人家。女儿还能落个城里的户口，这简直是打着灯笼也难找的好事啊。他们像拨浪鼓似的点头答应着，这样好，这样好。同时唯恐张慧兰是在开玩笑，空喜一场。两人拉着张慧兰的手，就像抓住一根救命稻草，让张蕙兰动弹不得。

张慧兰使劲甩着胳膊也没能挣脱出来，只得连连许诺着，"大叔大婶你们放心，回去之后我就去办。"

李桃、贾俊明这才像吃了定心丸似的放开张慧兰，一同喊着，赶紧淘米做饭。

贾玲回家后，李桃就迫不及待地把她拉到屋子里，说着前天张慧兰来的事儿。贾玲还装得什么都不晓得样子。贾玲看见父母那欣喜若狂的样子，心里淡淡的不知是什么滋味。

……

张慧兰也将这个消息告诉了杨民的家人。什么，有个女孩儿要与杨民成婚，还来得这么突然。杨民母亲曲梅闻之大喜，速召老头杨汉荣及大儿子杨敬商议。

杨民的婚事，一直是家里人的一块心病。从杨民十八岁时开始，家中前后撮合了十多个也没能成一个。即便是那些身体残缺的，奇丑无比的或者是农村的姑娘也都是来看看说说就没有结果了。后来家里人已经心灰意冷，几乎放弃了这事，以为，这是今生无缘，命中注定。杨民也是自叹无望，消沉、颓废，听天由命了。

万万不曾想到，就在全家几乎绝望的时候，好事却从天而降。

杨民的父亲杨汉荣是名铁路职工，他早就存了一笔钱，就是等着给杨民成家之用。只是苦于无处花销。现在，终于可以派上用场了。

另外这些年，杨民除了上交家里的，自己也有300块钱的存款。他从心底感激贾玲这位自立、自主、自强的女孩儿选择了自己。

杨民的父母曲梅、杨汉荣恨不得马上就见到贾玲。他们不太相信贾玲长得特别俊俏。情人眼里出西施么。他们以为一定是杨民想媳妇想眼花了，是个女人就漂亮，不管什么样都是好的。他们要张慧兰赶快领贾玲来，一睹为快。当然，他们心里也做好准备，不管贾玲长得多么难看，他们也都愿意。这样总比儿子媳妇没有加强多了啊。

贾玲来了，先到张慧兰家里落脚。她一直涨红着脸，总有那么一些难以消除的忐忑，扭扭捏捏的羞涩。早上来时，贾玲精心收拾一番，看着镜子里漂亮的自己，欣慰地笑了。可是现在，贾玲忽然又不自信了。

还没有等贾玲到杨民家去，曲梅和杨汉荣早已等不急，而过来看望了。

老两口笑声如铃，贾玲听见声音，诚惶诚恐地站了起来。一进门，老两口就被贾玲的美貌惊住了。啊呀，曲梅一见贾玲，便是哭了：这么可人疼的女孩儿，不该受这苦啊。她为贾玲的不幸而难过。心想，即便贾玲不做自己的儿媳妇，也莫该让狼给害了。此时此刻，曲梅不由得想起小时候的杨民了，昨天还是活蹦乱跳的小男孩儿，一场病痛，就变成残疾了……人生无常啊，都是命运的玩弄。眼前的贾玲，除了缺失一条腿，简直是无可挑剔。即便缺失一条腿，也是一位俊俏的姑娘。曲梅、杨汉荣哪有不同意的道理，只有乐得合不拢嘴了。

第一次到贾玲家里去，是曲梅、杨汉荣、杨敬、杨民、杨伟、张慧兰六人一起去的。他们骑着自行车载着杨民。杨家凑齐了1000块的彩礼钱，交给贾玲父母。还给贾玲的爷爷和父母每人扯了一套蓝咔叽衣料，给贾环、贾玫、贾珲每人买了一双白球鞋和一身新衣服。点心、罐头、糖果、烟酒等一大堆。同时还拿出300块钱，当着贾玲父母的面由杨民交给贾玲，让她去买自己喜欢的东西。

到底就是城里人，杨民家人的一番做法让李桃、贾俊明心服口服。

大喜的日子终于到了，贾玲早早就穿好红底碎花的新棉衣等着杨家来接。

她围个粉色的围巾，使得自己脸色嫩红，更加漂亮。此时此刻，狼口逃生的贾玲，觉得自己是幸运的、幸福的。生活在给她带来痛苦的同时并没有彻底抛弃她，给她打开了另一扇幸福之门……

临走时，李桃拴两根红布条在贾玲的两副拐杖上，望着幸福的女儿，两眼泪落，激动、感慨、心疼交织在一起……

第十章　伊　始

婚后，贾玲沉浸在甜蜜与幸福里。但她这才真正开始自己的恋爱。因为算来，贾玲与杨民的见面总共也就四五次，更没说上多少话。好在杨民性格朴素，老实忠厚，对自己呵护有加，她也就满足了。自己这样能成个家就不错了。

贾玲和杨民讲着自己的童年，她不知道童年的故事是不是就是情话，反正一种惬意一种甜蜜直沁心脾。她也津津乐道地讲着奥斯特洛夫斯基的《钢铁是怎样炼成的》…… 贾玲知道，这些肯定就是情话，因为杨民眼里燃起一团火焰，坚强地相信生活，相信未来。

一场大雪，大地一片洁白的时候，他们也到周围的河滩去。尽管好几次的摔倒，但是他们也能从疼痛里寻找一种欢乐的感觉，甚至，感觉那不是疼痛，而是一种浪漫。浪漫的时候，眼里的一切都是美好的。贾玲远眺着，“远处，肯定还有更加美好的风景。”杨民知道贾玲志存高远，还有梦想于心，毅然决然地迈开脚步，“走，我们一起过去吧。”

他们已经走得够远了，杨民从未这么深入地涉足这片河滩。尽管他已疲惫不堪，但他明白贾玲的用意：今后的生活就同这片河滩，既崎岖坎坷又广袤无垠，既荒芜凄凉又充满生机，既洁白美好又奇幻无绝，既洒脱无羁又惬意开怀。

是的，贾玲是有梦想的，她不仅仅是单纯的落户到城里，她还要在城里实现自己的人生价值。她的信念里始终有着钢铁的成分与材料。血液是钢铁的熔流，骨骼是钢铁的框架，肉体是钢铁的烘托，灵魂是钢铁的意志……

身后的炊烟伸着长长的脖子，远远地召唤着贾玲、杨民。他们只得从筋疲力尽中发掘最后的一点精力，踏上回家的路。

晚饭十分丰盛，馒头、鸡蛋汤、蒜苗炒肉等都是贾玲爱吃的。贾玲十分喜欢上顿米饭下顿炒菜的饮食方式。

曲梅很奇怪，贾玲和杨民总有说不完的话儿，时而窃窃私语时而却又大笑。她还发现，婚后杨民也喜欢侃侃而谈，曾经沉默寡言的杨民不见了。

曲梅是从心里喜欢贾玲的。因为贾玲使得她的儿子获得了新生。为此，曲梅心甘情愿地做贾玲的保姆。她喜欢贾玲那声细若蚕丝，缠缠绵绵、卿卿我我的温柔。她很希望贾玲能给她尽快生个孙子。曲梅有种危机感，她很担心贾玲可能还会飞走。她想，如果有个孩子，就会将贾玲的心拴住。

有时，她会提高嗓门，“我和你爸去扯点小花布，中午不回来吃饭了。”特意留给贾玲、杨民充足的时间。小两口早上起床晚了，她也会露出惬意的微笑。她想象着贾玲肚子很快就像面团一样，一发而不可收拾。

曲梅时常催促着老伴：“老杨，你赶快抽时间给贾玲转户口去，不然影响孙子的报户口呢。”曲梅早都打听好了，贾玲的户口随时可以转进城里。贾玲、杨民都是残疾人，完全属于国家照顾之列。

这天曲梅又在催促，杨汉荣摊着双手解释，明天才是二月二么，还在过年期间呢，等过完年，我就去。然后，他就心无旁骛地帮着曲梅煮大豆。

杨敬的三个娃娃早都嚷着要“二月二”呢。按照习俗，二月二是吃豆子玩豆子的一天，所以不管大豆、豌黄、黄豆、扁豆……什么豆全都称作“二月二”。最有玩趣的当属大豆了，将大豆泡软，然后煮熟，用线串在一起，念珠一样地挂在脖子上，手链一样地框在手腕上。当然也可打砂锅（石头剪子布），赢一些来。

尽管杨敬的三个娃娃喊贾玲二妈，但是贾玲也是大孩子，玩性不改。她与嫂子史玉琴一道，给每人串了几串逗念珠，家里一片欢笑。

今年杨家的“二月二”可是格外丰富的，甚至还有极其珍稀的灰灰豆呢。这些，自有贾玲爸妈提早地送来。贾玲父母来一则讨好亲家，说会儿话；二则私探一下，看看贾玲是否“有了”。

杨家也不吝啬小气，给贾玲娘家拉去了铁皮炉子和无烟煤。还有钢筋焊成的猪圈门，挑水用的铁钩搭。这些东西都不算啥，不用花钱就能弄到手。过去弄来这些东西没用，现有用处了。这些东西让很多乡亲们都羡慕死了。有不服气地说道：“咱就不信，咱的女子有胳膊有腿的，还弄不过人家?”贾玲父母听后也只是淡淡一笑。

贾玲终于“有了”，而且有了一个多月了。这方面的事，曲梅比贾玲自己还清楚。当贾玲身体稍微有反应的时候。她拿出柜中的小花布，摆弄着手里的剪刀。于是，小花布奇迹般的变成了小棉衣、小棉裤的样子。杨家有一台蜜蜂牌缝纫机。坐在缝纫机前，曲梅仅用半天的工夫就将小棉衣、小棉裤做成了。

倚在缝纫机旁，贾玲细细看着曲梅忙碌着。她听着机器富有节奏的声响，心里不停地打鼓。她想，什么时候自己也能使用这个玩意儿。她记起曾经用破麻袋片和烂羊毛裤裹腿的情景。那是多么辛酸的往事啊，不由得眼泪流出眼眶。

见贾玲流眼泪，曲梅吓了一跳，赶快哄着贾玲："怀着娃娃是千万不能哭的，不然，养下的娃娃就成豁豁嘴了。"曲梅一副经验丰富的表情使得贾玲破涕为笑："是啊，好端端的怎么一下子就哭了。"贾玲依然抹着泪水："妈，我也要学这……"

曲梅抚摸着贾玲的头，轻轻地说："娃娃，操作这机器需要两只脚踩呢，可能你学不成了。"她用双手继续摆弄着缝纫上的衣服："现在条件好了，你要穿什么，妈就给你做什么。"

贾玲的心思不是说自己想要穿什么，而是从心里想学这门手艺。她在琢磨，缝纫的手艺在手而不在脚。脚仅仅只是提供动力而已。她完全可用一只脚来踩动踏板。

贾玲有点执拗了，她还是想学。但是曲梅很不放心地规劝着："娃娃，还是算了吧，一条腿踏还是很不方便的。"说着，已经做完活的曲梅小心翼翼地将机头卧到机箱里，罩上了布套。

想学缝纫机的念头，一直缠绕在贾玲脑海里，她有时甚至连做梦都梦见自己在学着缝纫机。

吃饭的时候，她心里还在想着这件事，怎样才能说动婆婆呢。想到发呆处，举到嘴边的筷子也停了。但她终究没敢开口，她怕婆婆不同意。贾玲想哪天家里人少的时候再说说试试。

只要有耐心，机会总会有的。这日早晨，曲梅出门买菜，贾玲一个人在家。她便学着曲梅撑起了缝纫机机头，并且挂上了皮带。她坐在凳子上边，试着用一条腿踩住了机器踏板。她同时试着右手拨转了起动轮，她的脚自然而然地随着脚踏板踩动了。缝纫机听话地发出了节奏整齐的声响。原来这么简单，贾玲有种满足感。于是，贾玲将脚踏板踩得更用力了。

乐极生悲啊，正在贾玲惬意得忘乎所以的时候，底线与飞线绞到了一起，"嘣"地卡住了。这就是曲梅所说的"打针了的"的状况。

贾玲顿时傻眼，犹如石头一般的呆滞了。怎么办呢，贾玲不知道解决的办法，呆呆地愣了半天后只好暂时先将机器放进机箱里，想着日后再说。

贾玲现在体会到什么叫心神不安、如坐针毡了。夜晚睡觉，她从梦中惊醒梦见缝纫机的声音就像火车一样可怕的吼叫着。她刚一合眼，就见曲梅虎着脸追问："你怎么把缝纫机弄坏了。"贾玲吓得不敢灭灯，眼睛直愣愣地盯着屋顶。

一连两天，杨民感觉贾玲的情绪反常，时常发呆也不爱说话了。但他都以为是贾玲怀了娃娃后的不适反应，而没有过于在意。可是，一连几天过后还是这样，杨民就感觉有些问题了。

这天杨民当着贾玲的面，他故意扭动着身体，装作痛苦的样子。贾玲见到忙问："你怎么了？"

杨民蹙着眉，郁郁地说道："你一连三天夜里做噩梦，我都吓得不行了。"说着还捂着胸口，一副东施效颦的滑稽。

不等贾玲开口，杨民接连说："你可别有什么惊吓，将肚子里的娃娃吓成豁豁嘴啊。"

豁豁嘴，曲梅也是这么说过的，贾玲内心有些惊恐了，她虽然嘴上没说什么，浑身已经有些发抖了。是啊，娃娃可不敢有啥问题啊，豁豁嘴贾玲可是见过的，三分像人，七分像鬼，可怕死了。她抽泣地边哭边把缝纫机事情说了。

杨民也觉得这事有些麻烦。那个时代，一般的家庭，缝纫机就是算大件了，全家人的穿衣缝补，都要靠这台缝纫机的。所以杨民知道机器在母亲心中的位置。看着杨民的面含紧张的神情，贾玲更觉自己这祸是闯大了。

第二天，趁着母亲出门，杨民心神不安地打开缝纫机，查看是否仅仅就是打针了。杨民眯着两只眼睛仔细看着，发现半截亮晶晶的针头还在交缠在线团里，便用手指小心翼翼地将线团拆开，轻轻转动扶轮，针头慢慢出来了。谢天谢地针没有折断，一块石头总算是从二人的心中落地。

杨民用手轻轻地拨动起动轮。机器发出了轻快的声响，似乎没有发现其他异常。杨民便拉开缝纫机上的小抽屉，找出一个小纸包来：还有好多针呢，一枚枚地排列着。

贾玲急切地问着："好了吗？好了吗？"

杨民拿过一张牛皮纸，让贾玲在牛皮纸上做试验。机器平稳的声响是那么悦耳。贾玲心里如释重负，就像杨民救了她一命似的。

不久贾玲有了第一个孩子，是个男孩儿，取名杨永兵。婆婆老两口自然喜得闭不拢嘴。鉴于贾玲两口子身体状况都不好，贾玲又没有奶，还要上班，婆婆主动请缨将孩子全天候抱在怀里精心喂养，到省了贾玲很多事。

家里添了人口，住房也就显得不宽敞了。曲梅、杨汉荣老两口，杨敬一家五口，杨民一家三口，还有小叔子杨伟总共 11 口人，挤在一起，简直就像羊圈，满满当当的。

原先，杨伟是和杨民住在一间房里的。杨民娶了贾玲之后，杨伟只好将床移到客厅了。其实，一个二十岁的大小伙子住在客厅也不方便，何况杨伟也要谈对象呢。无奈，曲梅、杨汉荣老两口又将小卧室腾出，让给小儿子杨伟。但是杨伟还是嘟嘟囔囔的，说是老大结婚占大间，老二结婚占中间，老三结婚只有住小间。

树大分枝，孩儿大分家，理所当然。开始曲梅、杨汉荣心想，要将杨敬分出去过的，因为杨敬的娃娃渐渐长大，总与大人挤到一起也不方便。可是，杨敬还没作好单过的思想准备。尽管他已三十六岁，拉家带口的，但也从没有离开过父母。分开单过，心里还有些担忧。他不知道去哪里租房子，还是大树底下好乘凉，有着父母的呵护总是温暖备至的。

倒是贾玲首先提出自己要出去单过了。她主要是受不了杨伟——一个二十多岁的大小伙子动不动就嘟嘟囔囔的，好像什么事情都不公平的样子。她想，凭着自己的两只手，完全可以另立门户，独立生活的。

当然，此事贾玲也不是贸然提出的，事先也是经过仔细权衡的。其一，现在家里住的离螺帽厂很远，杨民上班极不方便。其二，杨民有 32 块钱的工资，完全够一家人的生活了。其三，从小的农村生活，使得自己得到了很好的锻炼，有独自生活的能力。其四，树大分枝，分家是迟早的事情，早分要比晚分好。再说了现在时代已经变迁，国家百废待兴，工作的机会很多，自己还可找点事干，多少能挣点贴补家用。考虑好了这些，贾玲才下决心单过。那杨民对于贾玲，可是百依百顺的，只要贾玲提议，他都完全同意。

贾玲要分家的话一说，全家就都震惊了。此时杨伟担心，全家会误会是自己将二哥逼走的，这要传出去也不好听。

曲梅、杨汉荣首先不同意，他老两口最初的意思也是想老大老三搬出去另过，因为他们至少都是身体健全的人。而老二两口子都是残疾人，生活不方便。他们如果有了孩子，曲梅还可以帮着带带娃娃。杨汉荣每月 80 多块钱的工资也能给老二帮补一把的。

“贾玲，你稳稳地在家待着，你们两个脚腿都不灵便。”曲梅扯着脖子说。

“是啊，即便要另过，也轮不到你俩走啊。”杨汉荣一旁不住地点头，同意老伴的意见。随后他看了看杨敬和杨伟，对老伴说道：“要不就这样，等着明年开春，咱们也在屋前盖间房子，我们老两口搬到外面去住。”

听说要盖间新房子，杨伟觉得有利可图，急忙说道：“那还不如让我搬到外间去，爸爸妈妈也好照顾二哥二嫂。”杨伟就是这般精明，心中的小算盘总是不停地拨动着。

父母看看大家，点点头表示同意杨伟的意见。毕竟给杨伟成家也是他们心中的一件大事。

然而，让他们想不到的是，无论盖不盖新房，贾玲都执意要搬出去另过。她说：“到外边租间房子，离螺帽厂近些，杨民上班也方便。”

贾玲说的也是有理，全家人无可辩驳。老两口更是感动贾玲如此贴心地为了杨民着想。他们只好同意了贾玲的提议，并且决定，每月补助贾玲十块钱。

这件事虽然按贾玲的意思定了，但是曲梅还是不放心。她偷偷地抹着泪，这两个腿脚不便的人怎么生活啊！曲梅心想，在不影响家里正常生活的情况下，应该把家里更多的东西分给贾玲。特别是一个小饭桌和两个方凳子要给贾玲。她知道儿子与贾玲坐着的时间相对多些。他们也喜欢坐在小方凳上。摸着磨得光亮的凳面，曲梅的泪水又流下了。她模模糊糊地看见，贾玲和杨民坐在小凳子上，手里摘着菜儿……

新租的房是贾玲寻找的，就在杨民工作的螺帽厂附近，是永定大队姚四家的一间老房子。姚四母亲去世后老房子一直空着。靠着老房子的窗子有个大通炕，一股挥之不去的霉味。不过贾玲喜欢的就是这个大通炕。从小，贾玲就是睡着热炕长大的。房租每月两块钱，贾玲硬给讲到了一块八毛钱。当然，一块八毛钱房租也不算高了，贾玲打听清楚着呢，房管所的房租一间要四块钱。

贾玲从杨家搬出另过后，贾玲的父母李桃和贾俊明给贾玲背来了一袋洋芋，半袋面，还有一瓶菜籽油。农村现在包产到户了，家里的生活条件好多了，余粮有的是。

李桃来的时候，贾环硬要帮着背那半袋面，事后还要陪母亲到城里逛逛。贾环除了时常在凤城山顶眺望县城的容貌之外，很少到县城来。她说要到城里给自己和母亲买些布料。而贾环的真实意图是想打听一下张慧兰的下落，看她委托给张慧兰的事情有没有一点结果。最近，家里紧锣密鼓地准备她的婚事，她不想嫁到后山里去，毁了自己一辈子的幸福。对这桩婚姻，贾环一直反抗，好几次都想从金凤坡上跳下去。这次找张慧兰，成了她最后的一线希望。

尽管贾玲的婚事结果不错，然而，十里八乡的人也对贾家颇有微词，说他贾家言而无信，见利忘义，拿了人家的订礼，耽误了人家的娃。贾玲、贾珍的两桩婚事都是这种结局，似乎李桃、贾俊明两口子就是背信弃义的代名词了。所以后山贾环的订婚亲家也怕风吹草动，来个鸡飞蛋打。他们恨不得早早就将两家的婚事办完，以免夜长梦多。

贾环得到的消息却令她失望，听贾玲说，张慧兰早于去年考上大学到西安上学去了。难怪再没音讯呢。此时贾环万念俱灰，绝望地痛哭失声。

李桃这才明白贾环一直要跟着来的目的，惊得脸色煞白。她担心欢欢喜喜地进城一趟，再将贾环弄丢了，那她回去怎么去见亲家啊。

贾环紧咬嘴唇，一声不吭。她决定经过金凤坡的时候，一个纵身跳下去，一了百了，彻底解脱了。

到底是血肉相连的姐妹俩，贾玲从贾环绝望的眼神中察觉到了贾环的心思，顿时惊得一身冷汗。她用手指轻轻戳了一下贾环，悄声叮嘱："好妹妹，只要活着，姐姐给你想办法……"

望着贾环的背影，贾玲的泪珠滚落。她担心妹妹像断线的风筝，不知会飘落何方……

一天后贾俊明也来，他给贾玲盘了个灶头，还有一个土台子。贾俊明给贾玲做泥活，自然是精工细琢。他还记得贾玲砌课桌时候的情景，恍如昨天的事情。孩子一天天地长大了，开始独立生活了，离他们也越来越远了，想想内心一阵酸楚。

看着破旧的房间和还没有干的灶头、土台，潮湿的土腥味扑鼻而来。曲梅不由自主地打了个喷嚏，心酸道："要不，贾玲咱们回家吧，咱们可以在屋子前面盖两间房子，给你一间大的。"

贾玲笑笑说："灶头已经盘好了，等干透了就好了。等我们万一过不下去了再回去也不迟啊。"

贾玲能够感到爱人的父母对自己的偏爱与怜悯，毕竟自己两口子都是残疾人。但她也明白，父母不能养自己一辈子，以后的日子还要靠自己。困难是有的，克服困难只能靠自己。所以，贾玲谢绝了父母的好意，执意自己单过。她相信凭自己的努力，日子一定会过好的。

贾玲、杨民另立门户后，贾玲的户口也迁移到了城里。日子似乎一帆风顺，但是不久，烦心事儿就来了。

国家对于那些设备老旧、消耗资源、长期亏损的中小型企业，实行转、合、分、停的政策，城关镇螺帽厂也在其中。螺帽厂在合并于城关镇鬃毛厂的同时，必须裁减一部分工人。杨民下岗了。

这无疑是断了两个残疾人的生路了。贾玲和杨民也没个地方说去，再找份工作谈何容易啊。

就在这万般无奈的时候，贾玲想起了曾经见过的镇领导秦忠，她决定去找找秦忠，看看有没有解决问题的办法。

在镇政府门口，门卫不让贾玲和杨民进去，说是领导在开会，没有事先约定好是不能进去的。贾玲和杨民不走，门卫拿他们也没有办法。他也生怕两个残疾人出什么状况。

这时一个人从门房前通过，贾玲忙说要见秦主任。那人听到贾玲的喊声停住脚步，看着他们问道："找秦主任有事吗?"

此人正是下来检查工作的张副专员。他穿着朴素破旧的中山装，面带微笑，显得平易近人。

贾玲不认得张专员，也不知道专员是多大的官，看他的样子一定是在这里工作的干部，就把自己目前的处境说了一番。凛冽的寒风中，贾玲和杨民残缺不全的肢体令人感到格外的心痛。

张专员的心也被深深地刺痛了，他慢慢挪开了眼睛，他不忍心再看眼前这对生活无助的残疾夫妻。他意识到，企业转、合、分、停中必须要搞好善后工作，不能一刀切地裁减工人。企业设备老旧、长期亏损不是工人的错。特别像这样的残疾工人，如果也被双双下岗，对他们意味着什么……张专员不敢再想下去了。他告诉门卫，请这对夫妻进去找秦忠。他知道秦忠是个热心人，也是个务实干实事好干部，会解决好他们的问题的。随后朝自己的办公室走去。

果然没有令张专员失望。秦忠听到贾玲的困难后，经过多方的联系，最终安排杨民到鬃毛厂工作。工作不是很累，待遇比原来还好些。

贾玲和杨民听到这个消息，激动得热泪盈眶，连连给告诉他们这个消息的张专员鞠躬。同时还要请张专员、秦主任吃浆水面。

看着眼前这对朴实的夫妻，张专员的眼睛有些潮湿了。多好的群众啊，我们只是在本职工作中做了一点应该做的事情，况且正是我们当初没有考虑周全，才使得他们这样的困难工人家庭陷入生活绝境的，而此时他们依旧对我们感恩涕零，实在是令我们这些地方官汗颜啊。他压抑着愧疚的心情，说："浆水面不吃了，是我们工作不周，委屈你们了。改日我请你们两口子吃涮羊肉。"

对于贾玲、杨民来说，这些话比吃顿涮羊肉更加的幸福和美味。

要说起来，鬃毛厂的活计也不好干。虽说两手拣拣猪毛猪鬃不是难事，但是要把五十公斤的鬃毛从库房拉过来的，分拣好的鬃毛捆子还要拉到检验口的。

这些，杨民可是一样也干不了，必须请人帮忙才行。求人帮着搬，一回两回还行，可是每次都要求人，也不是一个长远的办法。

幸运的是遇见张德了。他一米八的身材，膀大腰圆，每次都主动帮杨民拉货送货。杨民为了酬谢他，要给他一点工资。他却大咧咧手一摆，用不着这么客气，这点活对我来说不就是顺带手的事嘛，你腿脚不利索帮帮你应该的。

话即便这么说，每次帮忙后，杨民都是感激万分。他庆幸啊自己遇到了好人。同时想起贾玲说的：弱者示弱，博得同情。这世界上还是好人多啊。

进入腊月，家家户户杀猪，鬃毛厂也是昏天黑地的忙碌起来。职工们都在拼命地干活希望能多挣点加班费。现在时髦的口号是，时间就是金钱，效率就是生命。工厂的生产效率不断提升。

尽管鬃毛厂没有什么设备，活计也看着简单单调，但也是从事着出口创汇的大营生。欧美国家专从分拣、蒸洗得松蓬蓬的猪毛里提取有机纤维和天然蛋白质，用于医药、科研以及深加工。猪鬃当然也是好东西，有更大用途。其实，多少年后我们才反应过来，这些欧美国家实际上是用廉价掠夺了我们宝贵的天然资源。但当时我们还在能挣到外汇而沾沾自喜呢。

长时间的劳累，杨民病倒了。一场重感冒使得他整天疲惫无力，昏昏欲睡，卧床不起。好在有贾玲精心照顾。

杨民病休的时候，贾玲替他到鬃毛厂去干杨民那份活。厂长默认了，两个残疾人够不容易了，还要生活呢。

遇到重活时候，贾玲也会求张德帮忙。张德索性给她扛来四五包子，够她分拣两三天的。闲暇时他还坐在贾玲身边，帮她分拣一些，并且和她天南海北地聊着天。

腊月二十八日，各家各户的厨房里已经开始忙碌起来了，纷纷准备过年的佳肴。可是，贾玲还同鬃毛厂的工人急切地在工棚里等待。噼噼啪啪的算盘声从里间的门缝里传出，工人们大气不敢出，生怕自己的一个不慎，弄出什么声响影响了会计的核算，不能如期拿到企盼中的工资。

一个小时过去，两个小时过去……

终于算盘的响声停止了。员工们呼啦一下朝小铁门涌去。会计站在铁门前，晃动着手中的账表："这个月史菊英工资最多，310 元，杨民最少，105。大家别挤，等出纳叫名字进去签字领钱。"

105 块，这么多，贾玲的心一阵激动，她不敢奢望像人家正常人那样拿到高工资，105 元对她来说已经是天文数字了。

“我的多少?”张德也走到会计面前问道。“你的也不少，和我们会计、出纳的数额一样。”会计虽没说出数额，但是已让张德觉得很不错了。

大家有条不紊，按序而进。领了钱赶紧回家报喜去了。

张德领钱之后，一直站在大门口等着贾玲。见贾玲拄着拐杖走过来，他便迎了过去：“贾玲，我觉得他们不公平，给杨民的工资太少了，你们也没有少干啊……”说着，张德掏出早已数好的 100 块钱，塞在贾玲手里：“我也用不了这么多钱，这些钱你拿去给杨民看病。”

100 块钱啊，贾玲吓了一跳，死活不肯要。“谢谢张大哥了，平时我们就常常麻烦你，没有你的帮助，我们都不知道怎么办呢，我们感激都来不及，怎么好意思要你的钱啊。”

张德见贾玲死活不肯要，只好说道：“那好吧，什么时候有困难，和我说一声。”

“张大哥，赶快回家吧，这都后半夜了。”贾玲催促着张德。

张德拍着自行车后座，“那好，我送你一截子吧。”

为了排污方便，鬃毛厂的厂址设在后河湾的河滩里，夜晚黑的伸手不见五指，一个人孤零零地走，贾玲确实有些害怕，“嗯，好吧，谢谢张大哥”。

第十一章　插　曲

过完年了，杨民的病也没有好，持续的低烧再加药物反应，使他整天昏昏沉沉。他时常被噩梦惊醒，担心被工厂开除。三天两头的吃不下东西，身体恢复得慢。

这日，又是一个艳阳高照的上午，贾玲打开门窗，让清新的空气冲淡屋里的霉味。她搬出了板凳，扶着杨民出来晒太阳。自己坐在杨民旁边纳鞋底，她要给杨民做双条绒鞋。其实，贾玲也是刚学着做鞋。鞋样、褙褯、麻绳、楦头、楔子等做鞋的家伙母亲李桃全都拿来了。贾玲纳的鞋底一点也不紧密、规整，上边还有不少的血迹。这是不断被锥子扎破了手指留下的痕迹。这不，诶呦一声，锥子又将贾玲的指头扎透破了，疼得贾玲眉头紧锁，忙将指头塞到嘴里吮吸。

杨民见此拉过贾玲的手，心疼地说："你看，都这么多窟窿了，再做，手就扎得不像样子了。"他将贾玲腿上的鞋底撇到一边："不要做了，我也穿不了几双鞋，你这么辛苦我看着难受。"

贾玲知道杨民心疼自己，重又拿过鞋底，岔着话题说道："你看，鞋底上的血点像什么？"她想让杨民说个浪漫的词儿哄自己，但是杨民不懂，他只会发自内心的心疼。他摇摇头表示看不出来。

贾玲嗔怪道："傻瓜，是红豆啊，一颗圆溜溜的红豆。"可是，没有什么文化的杨民，哪知"红豆生南国，春来发几枝。此物最相思，愿君多采撷。"这首美妙的诗词啊！

贾玲用手指，轻戳在杨民脑门上："那好，就像太阳的碎片总该明白了吧。"杨民更不明白了，但他喜欢贾玲说的这些朦胧的、模糊的、深奥的话语。

正在贾玲和杨民说笑的时候，杨伟走进院子来。杨民问道："老三，你咋来了，有什么事吗？"杨伟迟疑了一会儿，说道："妈说，新房子盖好了，里边没有摆放的，让我把两个板凳拿过去。"

两个板凳，这可是杨民、贾玲经常要使用的物件啊，怎么要拿回去？杨民十分不解地问道："妈没说过要拿回去呀？"

杨伟嘴里嘟嘟囔囔的．不知说着什么什么。

贾玲一看，就知杨伟自己捣的鬼，便不高兴地对杨伟说："你拿去吧，把房子里的小饭桌也一块拿走吧。"贾玲的眼皮都不抬一下。

杨民还要和杨伟争辩几句，却被贾玲一把按住了："别说了，让他拿去，过两天咱到东门口的集市上买两个就是了。"

"那，那我就都拿上了。"杨伟红着脸钻进房子，稀里哗啦地将小饭桌上的瓶瓶罐罐放到一边，搬出了小饭桌。

贾玲也未料到杨伟还真的会搬出小饭桌，生气地对杨民说，"我们起来吧，给人家把板凳腾出来。"

杨民和贾玲吃力地站起身，眼看着杨伟抱着桌子和凳子，做贼心虚般地离开了院子。

贾玲和杨民依偎一起，默默无语。杨民终究没能撑住，流下眼泪。他伤心不是因为自己，而是因为贾玲，他觉得贾玲确实太伟大了，就是自己心目中的女神。相比之下，弟弟杨伟的自私也就不算什么了。能和贾玲这样的女人生活一辈子，什么困难不能克服。

贾玲抚摸着杨民，轻轻地说："我们明天到东门口集市上买两个新的。"

杨民身体不好不能上班，贾玲只能继续替他去鬃毛厂上班。杨民担心时间长了厂里不会同意。贾玲宽慰道："没有事，万一不行了再说。"

"杨民还不能上班吗？"厂长问道。

"这次病得重，还没有好，请厂长再宽限他几天，我先替他干着。"贾玲说。

厂长有些为难了，以前真还没有这么个先例呢。他想：如果不让代替吧，这两口子怎么生活，确实是个问题。如果让代替么，那么其他人也想代替则怎么办？去年腊月贾玲帮工，引得很多工人都效仿，叫来老婆孩子一同干活，干活的质量没有保障不说，搞得车间一片混乱。厂长知道，个别年轻力壮的工人一直想让家里老人代替自己，而他们自己好到外边去挣大钱。

好在厂长犹豫了一会儿，还是说道："就这样吧，贾玲，你还是来替杨民上班吧。你们两口子身体都不方便，你的工作又是秦主任特意关照过的，厂里就为你们破例。"

厂长又压低声音，说道："咱们还得统一个口径，如果谁要问你，你就说你们夫妻都是残疾人，如果厂里不照顾你们，你就要到上面去告我的状。”

贾玲不知怎么感谢厂长，她只是一个劲地说：“我一定加油干活，不给您丢脸。”

厂长微微一笑：“赶紧去吧，下午我还要出去办事呢。”

第十二章　思　变

融入到车间这个集体中，贾玲似乎成了正式的职工，而且大家也都这么认为着，因为贾玲和大家的关系相处得很融洽。贾玲也同其他职工一样，跟随时代的大潮，对时代的变迁充满着浓浓的兴趣……

爱美之心，人皆有之，更何况一位年轻的姑娘。贾玲也在注重着自己的外表，她想，尽管自己身残，但也要活出个人样儿来，莫让别人另眼相待。她很自信，论相貌气质她不比别人差，毕竟才二十四五岁，风华正茂的年龄。

你还别说，烫个头，穿件卡腰的小翻领，贾玲真还是个美女。圆圆的脸庞俊秀的眼，总是散发着青春的光彩。男孩子们频频回头，常常令贾玲的脸上流露着羞涩和幸福感。她从未这么幸福欢乐，整个人显得娇艳、秀美、靓丽。要不是身体上的原因，她一定是男人们追逐的香饽饽。

三毛钱一袋的雪花膏可是贾玲最喜欢的护肤品，一个寸半见方的塑料袋，迷人而浓郁的馨香。可是雪花膏的馨香，却也难以遮掩贾玲身上的土炕味。不管贾玲怎么勤洗，总是难以根除。只要土炕存在着，那种燃烧了各种有机物、无机物之后形成的焦烟味，会顽固地吸附在头发里、衣服上。一间百年老屋，几十年不住人了。在农村老土炕拆除的废物，称为炕土，上到地里，可是绝佳的肥料。

想来想去，贾玲决定，将土炕拆除，改换木床。贾玲突然对生她养她的土炕，变得有些深恶痛绝了。

对于拆炕，杨民是赞同的。自小杨民就是睡床长大的，对炕本来就不适应。尽管炕很暖和，驱潮祛风，但是也容易使人上火，裂口角，堆眼屎，咳黄痰。有股汗味、霉味混合而成的难闻的气息，所以贾玲提出拆炕，杨民正求之不得呢。

贾玲准备请张德来帮助拆炕。但是房东却坚决不同意，说，没炕房子以后就没不好出租了，除非贾玲日后走的时候必须把床留下。

将床留下，那可不行，两个床头一副床板，是贾玲花了60多块钱买的呢，宝贝似的舍不得。

这下贾玲与房东姚四僵在那里了。姚四说，即使拆了土炕，整个房子还是炕味，怎么办？而且每间房子都有炕，炕烟缭绕，四处乱串，怎么办？

可是，贾玲固执己见，她说，将炕拆了，还要将整个房子用白石灰水刷墙。

无论如何，炕是不能拆的，姚四已经心定如铁，就是贾玲将来将床留下也不行。一方大通炕能睡六个人，而一张床呢，仅仅只睡两个人，也就是说，有炕，人口多的租户也能承接。

僵持不下，各不相让，姚四便一赌气，下了逐客令，房子不租给贾玲了。这还真将贾玲唬住了，她像熄火的发动机，顿时没了脾气。

这时张德说道："房管所在西岩山下盖了很多新房，很多旧房都退租换新房了。旧房空置的很多，随便租上一间也比这强，还便宜，每月只有一块钱。"

听到这话，贾玲眼前一亮，仿佛有道曙光升起。对啊，租住公房，便宜干净，这么好的事情我怎么没有想到呢？

"张大哥，麻烦你赶紧帮我租一间，我还不在这住了呢。"贾玲瞥了一眼姚四，有点幸灾乐祸的样子。

张德到房管所一问，旧公房也只剩一间了，年久失修，没人要的。幸亏还有这么一间，不然张德还无法向贾玲交代。被他鼓捣的那边退了租，这边再没有房子，那不是坑人玩吗。现在不管怎样总算还有一间，尽管不理想，但总比没有强啊。张德连忙将房子定下了。

张德急匆匆地赶到贾玲家，他用草帽扇着满脸的汗水："紧赶慢赶还差点扑空，只剩一间不太好的，总算定下了……"

只要公房，贾玲就已经满意非常了。她说，墙皮脱了不要紧，找人来收拾一下刷刷新石灰不就行了。一边说着，贾玲故意看看有些灰头土脸的姚四。心说，你现在就是八抬大轿抬我来，我也不租了。

姚四将自己的房门掩上了，轻轻地，没一点声响。他不愿看到，一块八毛钱的房租突然没了。他想，如果半年没人租，将近11块钱的房租就没了。姚四有些后悔，不应这么固执，如果贾玲能住个几年的，即使炕拆了，其实也无大碍。他的肠子都悔青了。

贾玲大张旗鼓地搬家了。张德借来的架子车很长，前后都带挡板。张德也会装车，贾玲的所有家什都装上了车。东西都靠车的后边，前边留着两个空位，是给贾玲和杨民留的位置。张德膀大腰圆，像是钳着三岁的孩子，左右一个将贾玲、杨民放到车上。一切妥当，张德抖动双臂，压住车辕，感觉正好合适，便将拉绳背在肩上，架子车缓缓移动了。

姚四站在空空的院子里，神情失落，仿佛财神爷挥舞着双手离他而去，尽管金灿灿的太阳依旧照在院子里，他却觉得到处一片阴沉沉的。

出租屋阴冷潮湿，光线不好，墙面也残缺不全。但是，贾玲如愿以偿了，她终于能去掉身上的霉炕味了。

鬃毛厂的工作，贾玲一直干到了1983年7月底。渐渐的贾玲也有一种疲惫感。每月30元的工资，每天坐着干活。虽然劳动强度不是很大，但作为一个残疾人，长时间地坐着也是件痛苦的事情。

尽管贾玲心里明白，这份代替杨民的工作也是来之不易。但是贾玲还是有点厌倦了，她想找一份更好的工作，她也有着万元户的梦想。

万元户是当时比较时髦的话题，街头巷尾，茶余饭后，大家都在谈论着万元户。可是凭着贾玲每月30元的工资，不吃不喝也得几十年。这对于急于改变命运，提高生活品质的贾玲来说，显然是难以接受的。她的心就像长了翅膀，急切地要飞翔在辽阔的天空中。

除了万元户，年轻人理想、事业、抱负、爱情也是时髦的话题。这是大变革时期新思想新观念更新外露的表现。没有哪个时代的青年人这么朝气蓬勃过。每一个青年都在积极地投入时代的大潮，为梦想而奋斗。

贾玲自然也有属于自己的世界观和理想。她不能重新追求爱情，但理想、事业和抱负还是渴望的。她也希望自己能投身到时代的大潮，奋力一搏。

这是一个欣欣向荣、绚烂缤纷的社会，县城就是一个社会的缩影。每当早晨上班时刻，来自四面八方的自行车，带着清脆的铃声，一齐涌向8901厂。

8901厂，原属军工厂，生产步话机。步话机是一个方墩墩，抽出一根长长的天线，背在背上。天线晃悠晃悠着，像个五爪的树杈儿。打仗的电影里经常会出现。但是，8901厂的产品技术落后，质量差，很难适应新形势下国家的需要。所以，8901厂军转民企，引进技术，生产黑白电视机的高频头。

当时的那个年代，黑白电视可吃香了，一台十二英寸的黑白电视机3000多块钱，如同天价。谁家有这么一台黑白电视机，那可富的流油了。家家户户、老老少少的邻居都想来蹭电视看。

工厂生产的高频头主要出口日本，在日本生产了电视，又返销到了中国。订单多，任务重，需要大量的工人。每月40多块钱的基本工资，外加奖金、加班费，一个月下来，轻而易举地就能挣 80 多块钱。而且工作环境还干净，有技术含量，这无疑是众多年轻人趋之若鹜的好地方。

每当早晚工厂上下班的时候，县城的主要街道，成了五彩斑斓的人流。身着奇装异服，梳着时髦发型的年轻人，成群结队的来来往往。充分显示了工厂工人的高福利和充满幸福感的快乐。

这一切对贾玲同样具有着巨大的吸引力。多么希望能成为他们中的一员啊。她早就厌恶鬃毛厂里那些整理原毛、沤毛、洗毛、晒毛、蒸毛、烙毛的充满恶臭气的工作环境。

几经权衡之后，贾玲决定辞去鬃毛厂的工作。她的这一举动无疑是将自己以及整个家庭逼上了绝路。她想，不是说置之死地而后生么？她相信天无绝人之路。

鬃毛厂的厂长投来了不解的目光，但看到贾玲那不容置疑的神情后，他说，如果有啥困难，你再回来，别让杨民断了口粮。

贾玲感激地给厂长鞠躬致谢，转身走出工厂的大门。咔嚓咔嚓的拄拐声如同舒缓的钢琴曲，随着她的背影渐渐远去。

她再没有回头，她将目光一直朝向前方，坚定地展望着通向未来的路。

贾玲走了，就这么坚决地走了。工友们仿佛还没回过神来，凝固在沉重的空气中。他们都在回想着贾玲的一颦一笑，还有那充满不确定的未来……

“请进。”8901 厂的厂长高明达听见有人敲门，高声答道。

贾玲将门推开，推开一道人刚好能进的缝隙。贾玲收缩身体，让两根拐杖之间的距离更窄，以便能从门缝里滑进去。倒不是贾玲胆怯，而是自己认为这是一种应有的礼貌。她不想如同螃蟹死的横行霸道，她要显得文静、幽雅和淡定。

先是两根拐杖，然后就是紧随其后的一条腿。嗯，高明达用奇异的目光看着贾玲，有点诧异，怀疑工伤事故或者哪个职工的残疾家属。

贾玲拄着拐杖，一直走到高明达的办公桌前。

虽是不速之客，但因是残疾人，高明达站起身，示意贾玲坐下。

贾玲坐在办公桌前的一把椅子上，注视着高明达，并没有急于开口说话的意思。

高明达也在打量着贾玲，这个年轻女子，坚毅，干练，有种波澜不惊的深沉。他没有发现如同其他女子的羞涩或者喋喋不休，更没发现贾玲有什么自卑感。

“有什么事吗?”高明达沉默片刻，开口问着贾玲。

“我想要寻个工作。”贾玲直接得不能再直接了。

“找工作?”

“是的……”

一番交谈之后，高明达似乎明白了，眼前这位年轻的女孩子为何这般坚毅、淡定与深沉。尽管她身残，但内心仍有一颗不懈追求的心。有着要凭借自己的双手去改变命运的期望与目标。这同他以往所见到的残疾人从性格和气质上决然不同。

贾玲对自己人生经历的描述，从来没有过多的修辞，原原本本，像是一股清澈的溪水从山涧流过，像是一段没有色彩的黑白纪录片在眼前播放。但她也很少这么完整地向别人诉说自己，袒露自己的内心世界。或许她从未遇到像高明达这样能够静心听她诉说完的人，严格说是她的贵人。她只是觉得自己应该承受磨炼，争取实现人生的一次飞跃。她需要一个舞台，一个人生的舞台，将自己展现出来，实现身残志坚的生命追求。

贾玲依旧侃侃说着，高明达依旧认真地听着，他看着眼前这个女孩儿，内心突然涌现出一份同情与理解，似乎还有一份钦佩。他可以想象出这个女孩儿是下了多大的决心，才来到他这样一个大厂的厂长面前。尽管想要来他厂上班的人排成队，托人的条子也一大摞，其中不乏紧俏的大学生。但此时他脑海中出现一个想法，他应该为她做点什么，或者说只有他才能为她做些什么。他忽然想起来，上级给工厂的残疾人指标还没有用完。

想到此他竟然溜出一句:“你想干啥工作?”

贾玲听到这话，也是一楞，事情似乎顺利得有些让人不敢相信。贾玲甚至认为这只是高厂长推辞的一句官话。她不知道8901厂都有些什么工作，更不知道有哪些工作是自己这样的残疾人可干的。迟疑片刻，她将两手摊开，风趣地说:“能靠双手创造未来的工作。”

高明达像是根本就不需要贾玲回答似的，做了一个手势:“那就做整理支架吧。很好干，不需要师傅教，工作强度不大，相信你能够胜任。”

突如其来的惊喜令贾玲应接不暇，同时内心也如释重负。本来此次没有报什么希望，只是想投石问路。这么热门的单位，想进来的人一定排着长队焦急地等着呢。哪里会轮到她这样一个残疾人呢。至少也会反复多次，领导们商量多次，不可能一蹴而就的。但眼前的现实却又真真切切的是成功了。厂长答应她的工作请求了，而且还安排了适合她这样的人干的工作。这一切让人感觉幸福来得太突然了啊，有些头晕目眩了。

贾玲缓缓起身，给高明达深鞠一躬。由于弯腰过低，双拐一滑，身子险些摔倒。高明达急忙起身，走过来搀扶着贾玲：“不用谢我，能为残疾朋友做些事情是应该的。走，我领你到劳资处去，当面交代一下。”

这一天，1983 年 8 月 1 日，对于贾玲来说是一个新篇章的开始，前面将重新展开。一切都是欣欣向荣的美好未来。贾玲微笑的脸上有一抹红晕，如同一朵绚丽的云彩。

贾玲在鬃毛厂辞职的事情，事先并没有与杨民商量，她不想让杨民担心。她做了最坏的打算，如果暂时找不到工作，她就去献血，暂时维持生计。她在鬃毛厂干活时早就听说了，曾木林的小姨子卖血，早上喝两大碗盐水，喝得头上冒汗，抽出的血清清的。然后吃两个鸡蛋，喝点鸡汤，缓上一两个星期又能卖一次。哪怕两月只卖一次，收入差不多够生活的。在这个问题上贾玲有些孤注一掷了。

幸运的是，自己的工作问题顺利解决了，解了家人的后顾之忧。她要给杨民一个意外惊喜，或者说是玩个小游戏，给两人的沉闷生活添些乐趣。

晚饭之后，靠着躺在床上的杨民，贾玲显得一副愁眉苦脸的样子：“鬃毛厂又不让我代替你了，怎么办呢?”

杨民听到此话，心头一堵。半天后才慢慢地说道：“这两年确实辛苦你了，我现在身体也恢复得差不多了，我还申请上班吧。”本来他是要坐起来的，可虚弱的身体，使他只能半卧着。

贾玲看到杨民这副弱不禁风的样子，赶忙改口：“可是，我已经辞职不干了。”

杨民重又躺下：“随你吧，愿不愿干都行，只是我这身体，拖累你了。”

他将贾玲的手拉在自己胸口上：“以前，我觉得你跟了我是件好事情，从乡下搬到城里是幸福的。现在，我觉得你跟了我是件错事情，严重地伤害了你。我给你说个真心话，如果啥时候有了合适的人，你就追求幸福去吧。这生我已经很知足了，死而无憾了。”杨民说的是心里话，他曾经多次想过，干脆自己了断算了，彻底放飞贾玲。事实上，杨民已经失去生活的勇气，他时常浑浑噩噩的浑身不舒服，脑子也觉得越来越不够用，仿佛有种物质渐渐冰冻着他的大脑。贾玲还要拖着一条残腿，外出工作，回来照顾自己的生活，辛苦劲可想而知了。

他想，自己如果能悄然离去，不过多的拖累贾玲，就算做了件善事了。

凭借第六感觉，贾玲似乎感觉到了杨民的想法。她吓坏了，急忙依附在床边：“你可不要瞎想啊。我是辞职了，可是我又找到了新的工作。8901 厂，支架整理工，轻松得很，钱还挣得多，比鬃毛厂的活强多了。”贾玲觉得杨民有些误解了。

杨民听后苦笑了一下，笑里含着隐隐的痛苦……

支架整理，工作并不太复杂，只要有责任心就能干得很好。贾玲的工作责任心本来就很强，对这份来之不易的工作更是百般在意，工作自然干得风生水起，有条不紊。

车间主任也是从普通工人走过来的，对工人们的心理很了解。他并没有要求工人们干活的时候鸦雀无声。相反还默认工人们在不影响工作的前提下，有些适当的交流，保持气氛的活跃。这样工作效率会更高，质量也会更好，加工件返工极少。工人们也很理会车间主任的良苦用心，工作上认真仔细，不让他为难。

对工人们之间的谈论，开始，贾玲只是听着，而且显得很新奇与专注。对他们谈论的一切都兴趣盎然。逐步地贾玲也加入到交流的行列里。同工友们谈论着理想、事业与抱负，当然还有女孩子们的发型与穿着。在不知不觉的交流中，贾玲不仅更加紧密地融入到这个大家庭中，而且使自己的眼界也不断地得以扩充。

在新的单位，贾玲第一个月就挣了 82 块的工资，数量相当于在鬃毛厂的两倍多。这让贾玲内心惊喜不已。

贾玲的钱包变得鼓鼓的了。她忽然觉得脚上的那只“千层底”的鞋应该淘汰了。这只“千层底”是贾玲自己亲手做的，当时，很多人都夸她的鞋做得结实，好看耐穿。为此她还内心得意了很长时间。现在这只伴她走过很多路的鞋，也完成了自己的历史使命，该寿终正寝了，想想这些贾玲心里有些伤感。但她还是默默地进了百货商场……

黑夜是漫长的，它让失眠的人们在床上辗转反侧，思绪在荒原上漫无目的地跋涉着，有种令人难以忍受的煎熬。

贾玲躺在床上，双眼大睁，思绪像脱缰的野马，奔腾原野。透过窗帘的缝隙看看外边的天空，还是漆黑一片，时间如同冰冻着，永远无法熔化。

窗帘的缝隙终于变成了一条灰白的带子，象征黎明与曙光的白天即将到来。

贾玲彻夜不眠地盼望天亮，天亮了她却进入了梦乡。她梦见，漫天大雨中，她在泥泞的金凤沟里翻滚匍匐，浑身泥水湿透。自己脚下那只崭新的皮鞋不见了。贾玲哭喊着到处乱摸，却怎么也摸不着。忽然，一只癞蛤蟆咬住了她的手，她在猛地甩下癞蛤蟆的时候，却发现，癞蛤蟆竟是她扔掉的那只“千层底”……

贾玲猛地从梦中惊醒，已是天光大亮，险些就要迟到了。她慌忙起床，还不断地埋怨杨民：“睡得太死了也不知道喊我一下，一旦迟到影响多不好……”其实贾玲还没有从那个惊悚的梦中清醒过来，脑子里一片迷糊。

焕然一新的贾玲慢慢走进车间，脚上那只崭新皮鞋格外引人注目。全车间的工人都投过来异样的眼神。俗话说，人凭衣服马配鞍。身着新衣服的贾玲一下子精神了很多，显现出年轻女人的窈窕身躯，加上原本就很清秀的脸庞，简直就像是仙女下凡啊。

工友曹景萍扶着贾玲站在巷道中间，像是故意叫大家观看，特别是让那些就快流口水的单身汉们好好过过眼瘾。贾玲不好意思地忸怩着，脸颊绯红，像是待嫁出阁的大家闺秀，心里感觉甜丝丝的。

“你们全都不懂了吧，贾玲穿的这套衣服的款式，现在在广州那边时髦得很。上个月我和主任出差，看到广东那边城里人很多都穿这种款式。”快言快语的孟婷婷在旁边不断地解说着，好像衣服不是穿在贾玲身上，而是穿在自己身上一般。还别说，她的这番解说还挺到位，听得很多工友频频点头。

“依我看，贾玲的这副拐杖也应该换换了。一个身材瘦弱的女子，拄着破旧的拐杖，太不谐调了。”旁边的伊建军看着贾玲的拐杖建议道。

孟婷婷说道：“你看到了贾玲的拐杖旧，那你就给她买一副新的吧，别光说不练啊。”旁边的一些工友也跟着一起起哄：是啊，别光说大话啊，呵呵。

伊建军不慌不恼，朝着孟婷婷淡淡一笑：“这不难，如果你让我亲一口，我就给贾玲买。”

工友们的起哄声一浪高过一浪，“孟婷婷，让他亲，让他给贾玲买副拐杖。”

孟婷婷倒也大大方方，朝着伊建军说道；“亲就亲，这又何妨，就算老娘献出自己这张老脸，为残疾人事业做贡献了。”说罢，孟婷婷朝着伊建军把脸一歪。

伊建军原本是取笑孟婷婷，哪想她比自己还猛。面对大伙儿的起哄真是骑虎难下了。谁让自己充大头呢，这次的破费算是躲不过去了。算了，不管怎么说自己也是个男人，说出去的话就是泼出去的水，人家孟婷婷都不含糊，我个大男人还能缩回去？

伊建军深咽了一口气，走到孟婷婷旁边，将嘴向着孟婷婷嘴唇贴去。他果真亲了孟婷婷。可是，不知是否是故意的，孟婷婷将一口唾沫注入了伊建军嘴里，伊建军有苦难言，只得接受了孟婷婷的非常礼物。

但是，君子一言，驷马难追，拐杖伊建军是一定要买的。

车间主任苟宗仁进来了，大伙儿也都散开回到自己的工作岗位。“孟婷婷，你准备一下，省上有个产品评定会，厂长说你也参加一下。”

伊建军满脸堆笑，死皮赖脸地凑到苟宗仁身旁：“主任要到兰州去，正好将我带上吧，贾玲要买一副新拐杖呢，我得给她帮个忙。”

苟宗仁看了看贾玲，又打量了一下伊建军。思索了片刻：“这样吧，车上坐不下了，买拐杖的事就让司机薛师傅代劳吧。”

那也行，伊建军赶忙掏着钱，想要履行诺言，却被苟宗仁压下了：“你先别急，等着买来再说。”

几天后，苟宗仁他们出差回来，贾玲的新拐杖也买来了。拐杖是红腊木的，既轻巧又结实，腋托用黑色的牛皮裹着周围钉满了泡钉，拐头和手把都能上下调整。贾玲一眼看去，就已经喜欢得不得了，恨不得马上就换过来拄上试试。

可是，苟宗仁没将拐杖交给贾玲，而是交给伊建军：“伊师傅，108 元，这是最便宜的。”拐杖的价格显然是超出了伊建军的预期，什么破东西这么贵，简直是抢劫啊。但在众人面前，他不能成孬种。硬着头皮从衣兜里掏着钱，迟缓的动作，凝重的表情，眉毛像一个大大的问号皱在一起。

伊建军终于掏出钱，给了苟宗仁 110 元，还顺带说了一句，整数，别找了。他还装着挺大度的。

倒是贾玲有些傻眼，她没有想到一副拐杖竟然这么贵。这怎么能让伊建军一个人承担呢。其实本来也就是一句玩笑，是大伙儿东一句西一句的僵在那里了，搞得伊建军下不来台，才说给自己买的。再说自己也早就想换一副拐了。自己和伊建军也非亲非故的，只是普通的工友，怎么能让他破费这么多为自己买拐。所以当伊建军将新拐杖交给贾玲的时候，贾玲大声说道：“等着下月发了工资，我一定还给你。”贾玲刻意让大伙儿都听到，我贾玲不是一个占人家小便宜的人，这不是我做人的性格。

也就是从这一天开始，贾玲更加频繁地加班了，只要有需要加班的工作，一定少不了贾玲的身影，她需要尽快地将买拐的钱挣出来。

第十三章　熏　染

时间在流逝，时代在前进，随着国家改革开放的实施，被“文革”十年耽误的一代年轻人开始奋发学习，要追回失去的学习时光，追赶青春的尾巴，赶上时代发展的洪流。事业、理想、爱情、抱负吸引着那些充满热情的年轻人。他们拼搏、追求、奋斗，时刻准备着让祖国挑选，贡献自己的全部力量。

在新华书店门口，人们为了购买一套《自学成才》的参考书而排起了长长的队伍。学习成为了一种时尚。文学作品让年轻人感动不已，内心燃烧着激情的火焰。年轻人心中逐渐出现了偶像，或电影明星，或是现实中的英雄楷模，也可能是自己身边的某个人物。

这一切的变化无不影响着贾玲。贾玲时常暗自神伤，她同样渴望理想、爱情、抱负，只是自己由于身残，很多事情不得不落后于别人。至于偶像，她更难以启齿，似乎自身的条件没有资格拥有偶像。然而，贾玲并非是自卑了，认输了，气馁了，她只不过感慨命运捉弄而已。不是吗，曾经的她比很多人都能干，是村里人见人爱的村花。而且她也经历了别人没有经历过的磨砺。

紧张的工作与学习，并不是每个青年人的全部生活，他们还有更多的娱乐和休闲的空间。工厂团组织常常在周末组织联欢会、朗诵会、演讲会，还有交谊舞会等活动。

而且工厂的舞场是开放的，任何人都可进入，只要你喜欢，只要你有实力，都可以成为舞会上的佼佼者。

出于好奇，贾玲也常到舞场去，她是本厂的工人，参加团组织的活动理所当然。

让贾玲感到惊奇的是伴奏的乐队。在这个偏僻地区还真是藏龙卧虎啊，能冒出这么多能人来，将乐队搞得有声有色。很多乐器小提琴、大提琴、电子琴、电贝司、萨克斯、架子鼓、吉他、长笛、沙锤、簧管等，贾玲平时很少见。贾玲甚至觉得小提琴一定是大提琴的“儿子”，电子琴看样子很可能就是一种钢琴，萨克斯简直是只大烟锅，吉他与电贝司差不多……

贾玲还认为站在高台子上的指挥，完全多余，有些装腔作势，故弄玄虚。手里舞着一根小小的棍子，张牙舞爪。尤其他那发型，前边是秃子，后边是女人长发，不伦不类的。

要说喜欢，贾玲最喜欢的还是舞场中那变幻莫测的灯光，赤橙黄绿青蓝紫，如同一个五彩缤纷的世界。一个像地球似的东西，挂在中央，不停地旋转，反射着不同颜色的灯光，令人眼花缭乱。舞场里摩肩接踵，人头攒动，人满为患。

而贾玲只能默默地站在舞场的一角，将自己压缩为一个不起眼的影子。看到那些男男女女地拥抱在一起，轻歌曼舞。贾玲还有些微微脸红，仿佛自己也被一位年轻潇洒的舞伴相拥旋转着。贾玲很快就被优美的乐曲与妙曼的舞姿打动了。看看眼前的这些年轻人，他们犹如蝴蝶，翩翩起舞；他们犹如鸳鸯，交颈戏水。

不过在贾玲看来，舞者中配合最默契的还属苟宗仁与孟婷婷。贾玲在羡慕的同时有些想入非非。一个年轻的女子在一个不是自己男人的怀抱里这么妩媚、窈窕般舞着，将是怎样的一种心理体味呢？他们的心会加速的砰砰跳吗？

贾玲幻想如果自己依旧有着健全的双腿，自己会在一个男人的怀抱中曼舞么？会是舞厅中最引人注目的那一对么？如果自己健全，那么谁将是她那个彬彬有礼的舞伴呢？

灯光昏暗，朦朦胧胧中也有没有注意到贾玲拐杖的男士，张着彬彬有礼的手势邀请贾玲。遇此，贾玲总是拍拍拐杖，投去感激的目光与谢意，然后暗自忧伤地看着那些人尴尬和失望的背影……贾玲深信自己的优美身姿与姣好的面容，加之搭配得当的服饰，吸引男士的目光是件很正常的事情。

贾玲也到旱冰场去过。旱冰场是由原来的篮球场改造的，将原来的水泥场地磨成了水磨石地面，光滑得连苍蝇在上面走都会打滑。所谓旱冰鞋，就像微缩了的小滑板。一块小铁板，四角安着四个小轴承，而且多是工厂工人自己加工的。用长鞋带将旱冰鞋绑在脚上滑。旱冰场可没舞场那么开放，是要排队的。每场十五分钟，只能规定人数上场，人数多了不仅不好滑行，还会相互撞车产生危险。

尽管水磨石地面非常光滑，但是滑板上轴承的摩擦声犹如老式飞机的俯冲，刺耳、尖叫。这尖叫声只能加重了贾玲的惆怅感。这一生，她已经不能踏进这光滑的旱冰场了。她只能站在栏杆外边，像棵老树，呆呆地看着这些生龙活虎的身影轻盈滑过。贾玲内心幻想着自己能够嬗变，完全将自己羽化，变成一只翩翩起舞的精灵，没有身残的痛苦、烦恼，自由自在地翱翔。贾玲有着太多的梦想、浪漫的憧憬……

还有什么好的去处？大礼堂里无数遍地重放着老掉牙的影片，贾玲早都看腻了。不过偶尔也播放一些新电影，像《追捕》《桥》《庐山恋》《天云山传奇》《小花》《赤橙黄绿青蓝紫》等等。不过一来影片少，另外厂里还规定凡是新片，大家还得花一毛五分钱买票。即使这样贾玲也是每部新片都不拉。

身体上的残疾，带给贾玲内心很大的落差，时常令她很惆怅。她内心清楚地知道，自己所有的梦想都是不可能在现实中得到实现的。贾玲只有通过干活，或者说是自虐式的干活，才是最好的疗伤办法。

贾玲一般中午不回家，有加班的工作从不放弃，在很好完成自己本职工作的同时，有机会还帮助工友干些事。贾玲每月的工资加奖金都是全车间工人中位列前茅的。眼下挣钱似乎已经不是她的主要目的。一定程度上，贾玲是通过自己的努力劳动，来证明自己虽然是一个残疾女孩儿，但并不是一个一无是处的人，不是一个拖累他人的人，是一个能自食其力、敬业爱岗的好工人。

贾玲善良、年轻，而且妩媚，娇艳如花，尤其那丝淡淡的忧伤，让人百般怜惜。如果她不是已经成家，不知多少男孩子要跃跃欲试呢。

一天贾玲走出厂门，准备去食堂打饭。这时，一辆冒失的自行车冲来，在贾玲身边打个趔趄，险些碰到她。车子也没有停，竟然一溜烟地跑了。而此时贾玲身子一晃本能地扶住身旁的一棵小树，才没让自己跌倒。小树不堪重负地晃悠着，将贾玲荡得像是扁担上的水桶。转眼之间，小树“嚓、嚓、嚓”地裂响着，贾玲一松手，拐棍也丢到一旁。

这时突然有只大手将贾玲扶住了。风中，贾玲站成了一副金鸡独立的造型。

贾玲感激地抬头一看，此人自己认识，是点胶车间的杨柳槐，经常到白小兔的单身宿舍来闲聊。贾玲忙说谢谢。杨柳槐没有多说话，从地上帮贾玲拾起拐棍，默默地交给她，脸色露出憨憨的微笑。

工厂这么多人，关键的时候有人来搭救自己，是幸运也是缘分。

贾玲从惊慌失措的情绪中渐渐稳定下来，她看了看杨柳槐，才发现他一定是刚从食堂打饭回来，刚才为了扶自己，将饭盒跌落在地，里面的馒头滚落出来，成了泥团。很不好意思地说道：“真对不起啊，把你的饭搞脏了。我去帮你重新打一份。”

杨柳槐看看掉在地上的饭盒和窘迫中的贾玲，轻轻一笑：“没有关系，我现在根本就不饿，一会儿再打一份就是了。你没有摔着吧？”

贾玲脸微微涨红，微低着头，声音小得如同蚊子声：“真不好意思的，我去给你重新打一份饭去。”

然而没有等贾玲的话音落下，杨柳槐马上说道：“你等着，我去，顺便给你也打一份。”说罢转身向食堂跑去。

不一会儿杨柳槐回来了，气喘吁吁的，朝着贾玲说道：“走吧，旁边就是我的宿舍，先到屋里把饭吃了吧。”

贾玲稍微犹豫了片刻，最终还是点点头答应了。跟随杨柳槐朝他的宿舍慢慢走去。

进了屋里，贾玲看到一片凌乱，一看就是单身宿舍。杨柳槐有些不好意思地说道：“屋里有些乱，平时也没有其他人进来，也就懒得收拾了，你快坐吧。”说着将桌前的一把椅子挪到贾玲面前，二人边吃边聊起来。

经过交谈，贾玲得知，杨柳槐家在葛家岔乡里，他高中毕业考上兰州电子工业学校，毕业后分配到8901厂，在厂里也算技术人才了。

老实说杨柳槐从内心很欣赏贾玲，很佩服其身残志坚的意志和勤勤恳恳的工作态度。有时候他望着这个面容清秀身材窈窕的姑娘常常发呆，如果不是腿有残疾，绝对算得上是美女。而且杨柳槐在贾玲的身上看见了他妈妈的影子，一位勤劳善良的农村妇女……基于这种欣赏或者说是喜爱，杨柳槐很愿意为贾玲做任何事情。只要能待在她的身边，看着她就很舒服和满足。只是为了掩盖自己内心的真实想法，杨柳槐反倒很刻意的远离贾玲，不愿意自己的冒昧给贾玲带来麻烦。这一次的意外相遇，似乎给他们提供了一种机缘，两个年轻人交流得顺畅自然，彼此增加了好感。

两人相处中，贾玲感觉到了一些与众不同的感觉。只是贾玲知道自己的情况，并未多想。正是这样，贾玲也似乎在无意中犯了一个错误，没有及时而真实的透露自己的家庭情况。

开始，贾玲也没有在意杨柳槐对自己的关心，只觉得他是一个热心青年，真诚、善良、朴实，就像一个通情达理的大哥哥。有时候贾玲中午不回家，忙着干活没有来得及到食堂打饭的时候，杨柳槐就常常会替她打来饭菜，与贾玲一起边吃边聊。每次杨柳槐都会买最好的菜，美味的红烧肉、金黄的炸带鱼、糖醋的小排骨等等，都是些贾玲喜欢吃但因为嫌价格贵而很少买的饭菜。贾玲要付钱，都被杨柳槐拒绝了。搞得贾玲连发最后通牒，要是再买这么贵的菜，她就“绝食抗议”。杨柳槐才被迫降低标准，但时不时地依然暗度陈仓，我行我素。搞得贾玲也拿他没有办法也只好随他去了。

这样交往一段时间之后，工厂便有人风言风语了。说贾玲是红杏出墙，而杨柳槐是勾搭有夫之妇的残疾婆娘。桃色新闻是最容易被人传播得有鼻子有眼的。甚至有人说看见贾玲经常到杨柳槐的单身宿舍，两人在一起开洋荤，还有人说看见贾玲衣衫不整地从屋里出来。一时间流言蜚语，搞得满城风雨，可是贾玲和杨柳槐这两个当事人却还浑然不知，依旧你来我往地交往着。

听到流言蜚语的伊建军决定要找贾玲说说。他并不认为贾玲是这样的女人，杨柳槐也不是心怀叵测之人。只是他们还不知道人言可畏的道理，还没有注意到脏水已经泼到自己脸上了。如果这个时候不及时提醒他们一下，也是自己这个车间主任失职。如果万一搞出点什么不好收拾的事情来就更糟了。

一天中午下班，大伙儿相互吆喝着涌向食堂。贾玲依旧在默默地干着活。这时伊建军走来，站在贾玲身边，看着贾玲忙碌着的身影，心里有种欲言又止的感觉。他是想和贾玲谈谈工厂风言风语的事情，但是不知怎么开口。事情还不明朗，他也不想伤害贾玲。从心里说他还是很欣赏贾玲的工作态度的。一位残疾姑娘，工作上从不让自己操心，总是把一切都料理得有条不紊，而且主动自觉。要不是她的腿有残疾，他甚至想让她做自己的助手，担任车间副主任。他并不相信贾玲会在感情上出轨，相信她不是这样的人，在这方面贾玲还是正派可信的。不过话又说回来了，她家里的情况，伊建军是知道一些的，贾玲的爱人也是残疾人，整天病病殃殃，甚至无法上班，要靠贾玲上班支撑着这个家。贾玲爱人身体不好，形象也差，听说当初就是因为是城里人，贾玲才不得已嫁给他。他们的夫妻生活相信也好不到哪里去。贾玲虽说有残疾，但仍然是青春貌美，渴望爱情的滋润也是必然的。杨柳槐虽算不上美男子，但比起贾玲的爱人来，还是绰绰有余的，加之他现在还是单身，干柴烈火郎才女貌的，出点什么事情还真是说不准的事情。不行，要提醒他们不能走得太近，现在悬崖勒马还来得及，这也是他这个车间主任应有的责任。

“贾玲啊，都到吃饭的时间了，歇歇吧。还没有去打饭吗?”伊建军自己也感觉是在明知故问，脸色有些尴尬。

“奥，是主任啊。没有多少活了，一会儿就完了。今天你怎么有时间到我这里来视察啊。”贾玲抬头看了看伊建军。

“没有事，只是随便走走。看到你还在忙，就过了看看。你怎么还不去打饭?”

"奥，一会儿杨柳槐可能帮我打回来了。我腿脚不利索，有时候就犯懒了。"贾玲对伊建军说的话没有在意。还把椅子稍微擦了擦，请伊建军坐下。

"不了，我不坐了。我来找你，是有几句话想和你说说。"伊建军想开门见山地谈话了。

"有什么事，你说。是不是我工作上有什么问题了？有你就直说，我一定改正。"贾玲问道。

"不是你工作上的事情，你工作干得很好。是想说说你生活上的事情。"

"生活上的事情？"贾玲感觉有些莫名其妙。我生活上有什么事情需要主任找我谈话。我也没有向厂里说家里的情况呀。贾玲看看伊建军，她忽然感觉主任今天说话的劲头有些异样，莫非……贾玲的脑子里不停地转着，思索着。

"是这样，我最近听到一些风言风语，说你现在和杨柳槐走得很近，你们是不是在……"伊建军的话停住了，他看着贾玲的反应。

"我和杨柳槐走得很近？这是什么意思啊？他只是看我行动不方便，有时候帮我打打饭什么的，这有什么不对吗？"贾玲似乎还没有明白伊建军说话的意思。

"就这么简单？"伊建军以为贾玲故意和他揣着明白装糊涂，便索性把话挑明了："是不是他在追求你，或者是你……现在你们的关系好像不像你说的那么简单吧？厂里风言风语你就一点都没有感觉？"

"什么风言风语？奥，我明白了，你是说我们在乱搞男女关系？"贾玲终于明白伊建军说话的意思了。她有些生气。

"不是我说，是大家眼里看到的情况。听说你们走得很密切，你还经常去他的单身宿舍，这些事情有吧？甚至还有人看到你们……"伊建军把本来想说有人看到你从他宿舍出来时候衣衫不整的话咽了下去，他也不想伤害贾玲。

"胡说啥呢，你怎么也会冤枉人。"贾玲瞪着眼睛说。

"不是我冤枉你，是人言可畏，这个道理你难道不懂？你是一个有家庭的人他一个光棍汉，你们整天不清不楚地来往，能让别人不议论吗？你还年轻，要注意影响，特别是女孩子，让人背后戳脊梁骨不是件光彩的事。该说的话我都是说了，后面的事你自己考虑吧。不过我还是有话在先，不要搞成大家都不好收拾的结果，到了那一步谁都没有办法。"说完，伊建军扭头走了。

贾玲呆呆地站着，脑子里一片空白，伊建军的一番话像个锥子般的扎在自己心上。此时她忽然变得冷静了很多。是啊，无风不起浪，厂里风言风语难道就和自己没有关系？显然不是，仔细想想最近自己是和杨柳槐走的太近了，而且是在不知不觉中。虽然我们之间很纯洁，连手都没有拉过，更不用说有什么其他的事情了。不过自己是常去他的宿舍啊，每天是他给自己打饭啊。这些自己看似普通甚至有些习惯的事情，是普通的工友之间应该做的吗？再说自己从来没有和他说起自己的丈夫，他虽然也不问，但他对自己显然是超出了普通工友之间的关心。难道自己就没有感觉吗？显然不是，刚开始不是很不好意思么，只是随着时间的推移渐渐从不好意思变成习惯并接受了，而且还有一种自己内心不得不承认的甜蜜和依恋。每当中午自己都会自觉不自觉地盼望着门口传来熟悉的脚步声。这难道不是喜欢不是爱吗？想到此，贾玲忽然打了一个冷战，猛然间清醒了很多。

车间空荡荡的，帘子大开着，风将春的气息吹进，夹杂着榆叶梅的花瓣。贾玲很喜欢这种花，娇艳中含有朦胧的矜持，色彩艳丽楚楚动人。今天，她却有些恐惧见到它，它那艳丽的样子仿佛是轻浮出轨的代名词，也失去了很多靓丽的色彩。尽管自己也舍不得，但是为杨柳槐大哥好，必须解决好这个问题。不能让好人受到冤枉。此时她忽然感谢伊建军及时提醒了自己。

杨柳槐买了一整只的卤鸡，还有一饭盒的摊饼，迈着轻快的脚步走进来。在来的路上，看着春暖花开的景致，心情格外舒畅。他心里想，过几天找个机会和贾玲好好谈谈，把自己对她的感情袒露给她。告诉她，他爱她，愿意照顾她一辈子。不管她是否喜欢自己，是否能接受自己都要和她说出心里话。向一个女孩儿表白爱意，是神圣而正大光明的，何况是向一个残疾女孩儿表白。

杨柳槐知道贾玲已经结婚，而且也知道她的丈夫也是个残疾人，身体不好，相貌丑陋，根本就无法尽到做丈夫的义务。从贾玲几乎从不和他谈起自己的丈夫就能看出，她不爱他，他们之间没有感情，更谈不上爱情了。而贾玲和自己在一起的时候，时时显露出来的出自内心的欢笑，说明她是喜欢自己，自己是能给她带来幸福的。想到此，心中一阵甜蜜，脚步也不由得加快了。

贾玲站在车间门口，面色冷峻。杨柳槐一头冲进来，差点撞个满怀。杨柳槐以为贾玲认为自己来晚了有些不高兴，便急忙解释道："对不起，今天我有点事，让你等心急了。"

贾玲没有动身，脸色依旧阴沉："谢谢你这段时间对我的照顾。我现在身体已经恢复了，以后你就不要给我打饭了。这些事情我自己都能干。还有以后我们也尽量少见面，你也不要单独来找我，我也不会再去你的宿舍了。我是结过婚的人，你还是单身，我们来往别人会议论的。"

杨柳槐一愣，不知发生了什么事情，让贾玲对自己像变了一个人一样。他想问贾玲是怎么回事，贾玲不说。只是说我们今后少来往就是了。杨柳槐有些生气了，大声对贾玲说道："我们来往怎么了？招谁惹谁了？我就是爱和你交往，我还要和你做朋友，做男女朋友，我要向你求婚，我要照顾你一生，我要你幸福一辈子。"杨柳槐越说越激动，索性把藏在心里的真实想法全盘脱出。

这是多么让人心动的声音啊，贾玲心中也是一阵难掩的激动。但她控制住了自己的感情。通过这一段时间的交往，我知道自己已经喜欢上或者说爱上了他。和他在一起总有说不完的话，心情总是无比舒畅。要不是自己已经有丈夫，贾玲恐怕早就冲进他的怀抱，享受爱情的甜蜜和滋润了。但她还是理智的，知道自己的现实情况。她不能这样做，只能压抑自己的情感，保持双方不能越轨和那份只在精神上流淌的思念与关心。

贾玲流着眼泪，摇摇头："杨大哥，你的心思我清楚。我对你何尝不是……但是我们之间是不可能的。我有家，有丈夫，尽管他也是残疾人，尽管他卧病在床，尽管他做不到一个真正男人所应该做的事情，但是我不能抛弃他，他是在我最困难的时候接受我的……"

贾玲流着泪架着拐，一步一步向外走去，只留下杨柳槐像一座雕塑般的呆呆立着……

第十四章　情　牵

为了躲避杨柳槐，中午，贾玲不再待在车间，她一般随便找个什么地方，摊开她的午餐，边吃边想。卫校门口的花坛边，大操场旁边的树荫下，都是最好的去处。只要不是离单位太远，下午能及时返回厂里上班就行。

现在的生活水平提高很多，她再不为吃什么而发愁了。她还记得自己上学时候家里吃的东西，土坯一样褐黄的包谷面干炕饼子，深绿色的苦荞面，还有乌光发亮，污渍已经浸得黝黑的那只干粮袋子……现在的午餐都是白面馒头或者肉包子。社会进步和人们生活水平的提高速度，大大超出了贾玲的预期。

然而，在这些表面变化的同时，贾玲的内心则时常感到郁闷。在家庭和感情生活上的单调乏味或者说不顺畅，使得贾玲感觉自己的内心世界缺乏色彩和欢乐。她时常思忖着，自己这一辈子是不是只能与一个自己并不爱，但从情感上又难以取舍的残疾的男人厮守终生。如像杨柳槐这般英俊潇洒的健全人能否走进自己的情感生活呢？她很多时候抱怨自己结婚过早了，过早地走上了生活的独木桥。但是，这一切能怨杨民吗？当初如果没有杨民，就根本没有现在的一切，包括工作、户口和家庭。或许自己至今还在家乡那个穷山村苦熬着呢。按照家乡的习俗，自己还不是要早早就嫁给一个自己现在都不敢想的歪瓜裂枣吗？与其那样，现在自己的生活不知要好上多少倍呢，自己还有什么不满足，不认命的呢。

想到这些，贾玲内心郁闷释放了很多。当然令贾玲欣慰与自豪的是，尽管自己是残疾人，但依旧能有杨柳槐这样的青年人追求她。贾玲的自尊心得到一些满足。现在的问题是还要让自己面对现实，万不可信马由缰，产生过多的非分之想。

“贾玲，你在干啥？”这天中午，贾玲正在胡思乱想的发着呆，却听见一个声音喊着的名字。

贾玲寻声望去，见是婆婆曲梅带着自己的儿子杨永兵逛街呢。她微笑着说道："妈，你们怎么来了，吃饭了吗?"贾玲也有好几天没有见到儿子了。每天下班回去晚，不方便到婆婆家看儿子，一般也就是放假的时候才回去看看儿子。

曲梅笑着打量着贾玲，并将杨永兵推到前边："来，好孙子，看看妈妈，妈妈漂亮不?"杨永兵却是撅着嘴，低着头，尽量躲着不愿近前。从他的目光里能看得出，他对妈妈贾玲感到很陌生。

是啊，也难怪，从小就离开自己由奶奶抚养，自己奶过他几次？夜里给他换过几次尿布？就是平时孩子有个头疼脑热的也都是奶奶抱着去乡卫生所。自己就是一个不称职的妈妈。孩子对自己陌生，心里只有奶奶是再正常不过的事情了。

一晃儿子杨永兵都4岁了，他每次见到妈妈眼光中都流露出奇怪目光。妈妈与其他孩子的妈妈不同，妈妈少了一条腿，妈妈走路要拄着双拐。他不知道这是为了什么，甚至开始的时候，他也不知道帮妈妈走路的那两只木架叫作拐杖。他每次见到妈妈都努力回忆着上次见过的妈妈的模样，想象着有一天妈妈的腿会长出来。但是他失望了，每一次除了妈妈好看的微笑以外，其他好像没有什么变化。妈妈依旧是一条腿，走路依旧是要拄着双拐。贾玲并不知道，当很多小朋友嘲笑杨永兵的妈妈是瘸子的时候，在他幼小的心灵中埋下了怎样的伤痛。他曾经多次要奶奶去给妈妈买一条腿安上，这样他就不会因为妈妈的残腿而在小朋友面前抬不起头来。在他的记忆中，奶奶每次都很痛快的答应他，但是却从来都没有买来。每次见到妈妈，妈妈依旧还是一条腿，还是一副拐。

不管多么陌生，妈妈还是要叫的。然而当杨永兵应付差事般的喊了一声妈妈，并把目光迅速移走的时候，贾玲的内心阵阵心痛。她似乎能够理解自己给孩子心中带来的阴影。

贾玲胸中一热，喉头哽咽，眼眶红润了。贾玲从身背的包里拿出自己还没有来得及吃的酥盒子，伸手喂到杨永兵嘴边："兵兵真乖，这是妈妈做的酥盒子，你吃吧。妈妈放了很多的糖甜得很。"

当贾玲将酥盒子递过去就要挨在杨永兵嘴边时，杨永兵却一挥手，将贾玲手中的酥盒子打落地上。而且他的目光甚至都没有转过头看一眼。

杨永兵保住奶奶的大腿，"奶奶，咱们走吧……"他似乎一分钟也不想和这位残疾妈妈待在一起。

曲梅虚张声势地嗔怒道："这娃娃，见到妈妈不知多待一会儿，还把妈妈做的酥饼碰掉，这让妈妈多伤心啊。"

但是，杨永兵哇的一声哭了，表示抗议。这是一种强求的结果，一种双方都尴尬的见面。

曲梅无奈，只得领着孩子走了，望着这一老一少的背影，贾玲泪流满面。

尽管贾玲刻意躲避着杨柳槐，但是杨柳槐依旧不弃不舍地追求着贾玲。他想，他完全比贾玲现在的男人具有优越条件照顾好贾玲。每天无论贾玲躲到卫校门口的花坛边，或是大操场旁边的树荫下，都常常有杨柳槐的身影。只是为了不让贾玲为难，他们之间有着一定的距离而已。

贾玲有些犯难了，面对这扑面而来的追求，自己怎么应对才能既不伤害他，又不伤害自己呢？如果杨柳槐追求自己的事情让婆婆听说或者看见，那自己还能够解释得清楚吗？

贾玲的内心是痛苦的，为自己痛苦，为杨民痛苦，更为杨柳槐痛苦。她知道杨柳槐是认真的，是真心的。她内心何尝不渴望这份感情。但这份火辣辣的爱情她却无福消受。她有丈夫杨民，她有孩子，有家庭。这一切已经把她捆绑得死死的，生活的重担压得她喘不过气来。她心灵的窗户怎敢向杨柳槐打开，她不想自己被炼狱般的爱情燃烧，在焦灼难熬的情感纠缠中度过每一天。人就认命吧，既然上帝把自己抛在这样的家庭中，赐予了自己这样的身体，自己何必费力挣扎，做些无用功呢。只有忍痛割爱自己的情感，尽可能地离开杨柳槐。或许分离，或许时间能浇灭这一海市蜃楼般的情感追求吧。

这段时间的中午，贾玲一改每天在单位吃饭的习惯，尽管有些费力，还是坚持回家吃午饭，然后顾不得休息一会儿就又拄着双拐朝厂里赶。一段时间后似乎还真有些见效，杨柳槐几乎不再跟随贾玲了。或许他自己想明白了，也认为和贾玲没有戏。所以贾玲又慢慢地恢复原状，在单位吃午饭，毕竟每天拖着残腿回家吃饭是件很麻烦的事情。

这天，贾玲就在西关小学边的一个地方。附近没有可坐的台阶也没可以遮挡阳光的树荫。她只好准备顶着日头，拄拐站着吃饭。刚从包里拿出饭盒，不料一包榨菜却掉在地上。贾玲又将干粮装在背包里，然后腾出双手，放斜拐杖，准备弯腰捡起地上的榨菜。但是，由于坠下的背包挡住了她的视线，身子一歪，像堆稀泥一样地摔倒了。她想要尽快地站起来，可是身体又与拐杖搅在一起，好像越急越不能解脱自己。狼狈的样子令贾玲十分难堪，她恼羞成怒地抽出一根拐杖，摔出了很远。

只剩一根拐杖了，似乎少了一点羁绊。贾玲费尽九牛二虎之力，总算攀着这根拐杖站起了。可是，仅凭一根拐杖，贾玲无法走路，更糟糕的是贾玲刚才一赌气扔出去的拐杖，此时却冷冷的躺在一边，像是看笑话似的一动不动，而且要捡回来也不是件简单的事情。

贾玲不得不靠仅有的一根拐杖撑着全身，一条腿划着弧线，艰难地向前挪动。与其说是挪动，还不如说是在爬行。贾玲几乎用匍匐的姿势，弄得浑身是土。

这一切都被躲在远处的一个人看在眼里。他就是杨柳槐。此情此景令他心如刀割，泪流满面。看到贾玲受苦真不如自己受罪。他无法忍受一个心爱的女人如此狼狈不堪。他快速跑过去，先扶起贾玲，随后帮她捡起拐杖："贾玲，你不要逞强了，没人照顾，你是不行的……"

似乎千言万涌上心头，但此时他却语无伦次地埋怨着贾玲。

可是，此时贾玲的想法却与杨柳槐相反。首先，她不希望杨柳槐看到她狼狈不堪的样子。也是，谁不希望把自己最好的一面献给自己喜欢的人呢。另外她还是要和杨柳槐保持一定的距离。好不容易风言风语刚刚消停一点，她不能再由于两人的接触而重启波澜。

贾玲推开杨柳槐的手，说道："谢谢你，我能行。你去忙你的吧，不要管我的事。男女授受不亲，这样拉拉扯扯的让人看到不好。"

听到贾玲的这些话，杨柳槐并不在意。他有极大的耐心，愿意就这么默默地关心着贾玲。他相信水滴石穿的功能，相信迟早能够打开贾玲的心扉。他没有说话，只是默默地扶着贾玲，捡起掉地上的拐杖，看着她头也不回地慢慢走去。

丁字路口，车水马龙。贾玲有些犯难，现在去哪里呢？如果还是这样毫无目的闲逛，还是摆脱不了杨柳槐的。她知道此时杨柳槐一定还是很不放心的暗地里跟随着自己。这个人的执着贾玲是有体会的，他不会轻言放弃自己的追求。对他也只能是走一步看一步了。

正当贾玲犹豫不决的时候，忽然有一个声音传来："贾玲，下班了吗？"贾玲抬头一看，一个魁梧的身影朝自己走来。原来是有段时间没有见面的张德。

贾玲意外而又惊喜道："啊，这么巧，好长时间没有见到你了，你还好吧？"

张德看了看贾玲略显清瘦的脸庞，心想，她最近一定生活得不是那么愉快。"看你好像瘦了不少，工作累吗？"张德关心地问道。

贾玲心想，正好，见到张德或许能为我解围呢，就让杨柳槐看看，我还和很多男人来往，好让他不要有什么多余的想法，知难而退吧。

想到此，贾玲对张德说："你中午还没有吃饭吧？我们随便找个地方吃点饭。正好我现在回家吃饭也来不及了。”

张德想了想说：“这样好吧，我就住在这附近，要不你就到我家里歇歇吧。我给你做点好吃的。”

自从贾玲离开鬃毛厂，张德心里一直挂念着这位美丽善良小师妹，曾无数次地想起贾玲。尽管他们之间没有过多过深的交往，但心灵中的一种纠缠还是令张德在回味中体味着美妙与快乐。每当他帮她做点事时候，她回馈的温柔的微笑，使他的疲惫立马烟消云散。他并没有想和贾玲走到什么地步，只要是能够经常的见面，能够为她做点事情，能够收获她甜甜的微笑，他也就知足了。

贾玲离开后，他们也有一段时间没有见面了。张德不知道贾玲的工作和生活的近况。她过得可好，有无遇到难处，遇到时有无人出手相助，这一切的一切常常回绕他的脑海。他有时候甚至想到贾玲的新单位去亲眼看看，但他最终还是克制住了自己的冲动。自己的贸然出现，会让贾玲怎么看？会让她的同事们怎么看？与其给她心中添乱，还不如就这样默默地在心中给予她美好的祝福吧。而今天的和贾玲不期而遇，对张德来说简直是意外之喜。

贾玲顺着张德的手指的方向望去，前面不是粮油仓库吗，张德家就在这里啊。

张德对贾玲说：“走吧，回去看看，也不远。这个点了你去其他地方也不方便。”

贾玲朝张德点点头：“那就麻烦你了。”转身和张德朝他家的方向走去。

巷道的斜坡上长着湿滑的青苔，如同刚刚涂抹还未晾干的油画，上面还清晰可见轮胎刹车时的痕迹。贾玲放慢了脚步，拄着拐小心翼翼地走着。她心想一定不能再滑倒。

张德仿佛看出了贾玲的心思，他适时出手扶住了贾玲的胳膊，“放心走，我扶着你。”真实、有力、温暖的搀扶，使贾玲的内心一阵悸动，如同被风吹拂的杨柳，那么柔弱细腻。这种感觉，曾在当初某个回家的夜晚，张德将她抱到自行车上，她就体味过了。她深感了张德的坚强有力，他的体温与心跳传感到自己砰砰欲出的心脏。如果自己身边总是有这样一对可靠的臂膀支撑着，那生活将是多么的美好幸福。唉，只能怨自己实在是命薄，无福享受啊。

尽管贾玲已经是十万分的小心了，但还是脚底打滑，差点歪倒。还是张德眼疾手快，一把拉住贾玲。张德想了想，索性抱起贾玲，说：“抱好拐杖。”然后将她抱上坡去。张德小心翼翼地，就像抱着一个婴儿。贾玲脸微微一红，情不自禁地靠在他的胸前。

这一切，全被跟在后面杨柳槐看得真切。他一直跟在贾玲的身后，准备遇到不测的时候出手相助。令他没有想到的是，半路杀出个程咬金，横刀夺爱。

他不认识张德，但是从贾玲和他的那种亲密的关系就可以看出，他们的关系不同一般。看看，现在还抱起来了，他简直羡慕和嫉妒得要死。自己追求贾玲这么久了，不要说抱就是手也没摸过几次。他的内心一阵波澜，却也无计可施，只能看着贾玲被人抱着慢慢走去。他目光呆滞地愣在那里……

快到一座简陋的院子前，张德慢慢放下贾玲。贾玲走进院子，看着院内那些恐怕和自己的爷爷年龄不相上下的房子，觉得一切都很陌生，却有似曾相识的感觉。木地、木墙、木顶、木巷道，很像是旧时的老商铺。贾玲想，过去人建房子要用这么多木料，而且还有很多地方精工雕刻，要费多少心血和时间啊。她的目光停留在那些凸凹的图案里。她还不是很懂这些民族工艺与建筑，更难以品味这些民族文化的深刻内涵。她只是觉得陈旧、新奇和一股浓浓历史味道。

张德虽仅是小学毕业，不及贾玲的文化程度，然而他毕竟是这个院子的主人之一，对这老宅子还是有些了解的。

张德给贾玲介绍道："这个院子原来是当地有名的商人魏铺子给他的五姨太建的。魏铺子虽然财大气粗，妻妾成群，但家里的事情也不是处处能摆得平。他的大老婆就凶得不行，尤其是对自己特别宠爱的五姨太，更是整天横眉冷对不给好脸。搞得五姨太一见到他就哭哭啼啼像个受气的小媳妇。无奈之下，魏铺子就给五姨太另外修建了这座宅院。解放后这院房子归公，分给了四户老百姓。前些年，我租下了西厢房，一直住到现在，也快七八年了。"

贾玲听得有些糊里糊涂的，什么魏铺子、大老婆、五姨太的，她毕竟来自山里，对于定西城里的事情知晓不多。

张德掏出钥匙，打开房门，一边还在介绍着说，过去在定西城里，魏家的生意大得很，东街有个百货铺，就是后来的螺帽厂。过了永定桥，三官庙的对面原来有间药铺，1963 年发生水灾，河水溃堤，药铺被冲走了。城里还有个香蜡铺子，专供城隍庙的香客，曾经生意十分兴隆，后来当成四旧被拆了。现在的汽车站旁，有家羊肉馆子，还有一家车马店，过去也都是魏家的产业……

走进房间，到处显得很凌乱，一看就是单身汉的住所。家具摆设简单，墙壁被烟熏得漆黑，四壁反射着暗暗的幽光，一股浓烈的烟味直蹿贾玲的鼻孔。贾玲不自觉地捂着鼻子，看着忙里忙外的张德，幽幽地说道："你早该成个家了，这家里没有女人显得太冷清了。"

“我一个人吃饱全家不饿，这样挺好。再说像我这样的要钱没有钱，要相貌丑陋不堪的人，哪个好姑娘能看上我。”张德呵呵一笑，显得满不在乎的。

张德拿着火筷子，捅开了火炉，一股青烟从火炉中冒出，呛得张德一阵咳嗽。张德侧脸躲过了青烟的冲击，看着贾玲似笑非笑地说：“被烟熏过的木屋，好得很，千年不腐万年不朽，雨不渗虫不蛀，还能让人忘记外边的浮躁与喧嚣，静静地享受从古到今的安然。”

对张德这些带有八股味的调侃，贾玲没有过多的品味。她慢慢在桌子旁坐下，放好拐杖，重新细细地打量着屋里的陈设：可能是曾经的小卧室已经改作厨房了，估计原来的客厅现在成了张德的卧室了。靠近窗边支着一张床，所谓床其实也就是两摞砖头搭着一块木板而已。床上的被褥倒还显得整洁。整个房间布置单调简陋，体现着房间主人并不宽裕的生活境况。唯一的亮点是一辆加重的“飞鸽”牌自行车，静静地矗立在房屋的一角。这辆自行车应该是这屋里最有价值的东西了。擦得锃亮的车把、车圈，反射着与房间截然不同的金属光泽。只是它的链条好像断了，耷拉在地上，像断了血的血管，使整辆车子处于瘫痪状态。这辆自行车当初贾玲可没有少乘坐，多少次下夜班，被张德抱上后车架上，紧靠着他那散发着男人气息的后背上，颠颠簸簸地回到家。

看着张德忙活着，贾玲有些过意不去，问他有什么可以帮忙的。张德笑笑，你就踏踏实实的待着，一会儿饭就好。

张德熟练地备好菜，将葱花爆香，将肉片、洋芋、胡萝卜片在锅中爆炒。香味顿时爆炸开来，迅速将屋里原有的陈腐味迅速吞噬湮没。

贾玲忽然也感到自己饿极了，食欲不可抑止地蔓延而来。

等肉片、洋芋、胡萝卜等半熟了，张德又向锅里倒上水，然后等待开锅，将已经和好的面片煮进锅里。

开锅了，面片香气扑鼻而来。

饭熟了，张德给贾玲盛了一大碗。看着冒着油花香喷喷的面片，贾玲的口水都要流下来了也顾不得吃相了，像在打劫般拼命朝嘴里塞着。旁边的张德笑着劝道：“慢点吃，小心烫着，锅里还有很多呢。”贾玲不好意思地点点头，但嘴下的动作依旧没有减慢的迹象。

时间很快就过去了，贾玲也到了该上班的时间了，张德觉得好像还有很多话要说却来不及了。虽然内心很是依依不舍，但是也不能耽误贾玲上班。他嘱咐着贾玲：“我的自行车也坏了，还没有来得及修理也不能送你了。你自己路上慢慢走。以后中午都可以过来吃饭，我每天中午都可以给你做好吃的。”

贾玲正在为杨柳槐的事情感到无措呢，她似乎觉得这也是个办法。这样至少暂时可以躲避杨柳槐，让他对自己彻底死了心。便说道："我回去想想，只是天天麻烦你很不好意思啊。"

"和我还见外，也不单是就给你一人做。反正我也要吃饭，怎么也是要做的，顺带手多做出一点就是了，谈不上麻烦。"张德的一番话令贾玲很是感动。很多次张德总是在关键的时候帮助自己，而且从不求回报。她深情地看了看张德，"张大哥，你对我太好了，我这辈子真不知道怎么报答你的关心。如果有来生，我……"贾玲把后面的话咽了回去，她也担心自己一激动说出什么不好收拾的话来，再给张德错误信息就不好了。她承认自己喜欢张德，如果能有这样的男人整天守护着自己，那将是天大的好事。但她要时刻面对现实，自己是有家有业的人，不可以这么自私，明明给不了人家，却不给人家断想。想到此，她又对张德说："张大哥，如果我在你这里吃饭，那我一定是要给你饭钱的，如果你不收，我就不来。"

张德看看贾玲一副倔强的样子，只好无奈地笑笑："好吧，给钱，不但要给，还要多给。我以后就辞职在家做饭，就等你给我开工资了。"

"呵呵，你想的倒美。"二人边说边笑，朝门外走去。

此时的杨柳槐还在巷口的丁字路口等着，像在守望春天的枯柳，望眼欲穿。啊，他又看见先前的一幕，张德抱着贾玲走下了长有青苔的坡道，贾玲静静地依偎在张德的胸前。这在杨柳槐眼里，不亚于抱着自己的爱人走向别人的婚礼。这让他心里抓狂，甚至有些狂躁不已。难道她就这么反感自己，自己在她心中就一点位置也没有吗？在和贾玲的交往中，贾玲从未让自己这么亲昵地拥抱过她。杨柳槐内心一阵失落。他看到那个男人把贾玲送到路口，朝她亲热地挥挥手后走了。贾玲看着他远去的身影，转身向工厂的方向走去。

杨柳槐追赶上贾玲，口气生硬地问道："贾玲，你刚才去哪里了？他是谁？"贾玲平静地看着杨柳槐，淡淡地说："他是我表哥张德。"然后径直向着工厂走去。

第二天，贾玲还是到张德的家去吃午饭。她知道杨柳槐还会跟随着她，心想，这样也好，或许能够早日让他放弃追求。要说杨柳槐的岁数也不小了，自身的条件也不错，找一个好姑娘成个家，不是件多么难的事。自己既然不能给他什么承诺，就一定不能耽误人家，不能吃着碗里的看着锅里的，那样做人就太差了。

对于杨柳槐和张德这两个男人，尽管在性格上外貌上各有各的优缺点，但贾玲心里不得不承认，他们都是好人，都有一颗善良的心。自己并非仙女下凡，国色天香，只是一个普通的女工，且还是一个身体残疾的女工，在自己的身上他们并不能得到什么回报。他们更多的是怜悯自己，出于道义上的帮助，不希望一个在身体上受伤的人，在日常的生活中同样遭人白眼。即便是对自己的好感也是在不断地接触过程中情感的自然演变。况且自己有家有孩子，丈夫也是在自己最困难的时候走到自己身边的，尽管他也是残疾人，不能像别人的丈夫那样给自己更多的爱和生活上的照顾。但人不能没有良心，我现在离开他是不道义的事情，是要受人谴责，是要遭报应的。所以我现在不但不能有负于丈夫和家庭，更不能耽误杨柳槐和张德这样的好人，不能耽误他们去追求本来就应该拥有的幸福美满。

每当想到这些，贾玲就认为自己应该对杨柳槐更狠些，让他尽快地能离开自己，放弃追求那些没有希望的幸福。这样做虽然自己和对方都会感到很痛苦，但长痛不如短痛，当断不断反受其乱，与其拖拖拉拉不如快刀斩乱麻，或许有一天他也会明白自己的这份苦心的。

相比较之下，贾玲觉得张德似乎还更理智一些，所以同意来他家吃饭。这样做更多目的也是做给杨柳槐看的。

贾玲有时候会想，自己这样一个残疾人，非美女非公主的，怎么会陷入这么深的情感纠葛中，真是令人不可思议。

昨晚在家，贾玲烙了好多葱花饼，油黄油黄的，撒上细碎的葱花，看着就让人胃口大开。她给张德拿来好多，她不仅是让他尝尝自己的手艺，更主要的这也是一种回报。她知道，要是给张德饭钱，他肯定是不会收的，甚至会认为贾玲在羞辱他，不给一个大男人面子。这或许不亚于扇他的耳光。所以聪明的贾玲就采取易货的办法，物品交换。这样张德既不会产生什么多余的想法，自己也能有些回报。果不其然，当张德看到贾玲做的诱人的葱花饼时，不仅没有拒绝，而且吃得津津有味，还说这是从小到大吃得最好吃的饼了。且不管这话真假，反正贾玲心里是甜滋滋的。

今天张德为了迎接贾玲来吃饭，早早就找了个借口回到家中。先熬了一锅稀饭，炒了两个肉菜和一盘素菜，急切地等着贾玲来品尝了。期间，贾玲那清秀温柔的面庞总是不停地浮现在眼前。往日相处时候的一幕幕也在脑海中汇映。

张德自己也不知从什么时候开始喜欢上这个美丽的残疾姑娘了。只觉得和她在一起就全身舒服，就感觉时间过得飞快。贾玲的善良会感染她身边的人。当她受到委屈被别人欺负时候，往往不是一味地埋怨和愤怒，而是多从对方的角度去想，为对方的行为开脱。在贾玲的身上散发着年轻女孩子的特殊气息，令人难以忘怀。

张德不敢亵渎这份纯真的情感，更没有什么非分之想。但热血男儿的冲动一定是有的。他常在夜深人静的时候，孤单地躺在床上，想着如果现在贾玲就躺在自己的身边，那将会是一种什么样的感觉，自己会控制不住情感的释放吗？每当这个时候身体上都会有一种异样的流动滑过全身，燥热难耐，恨不能跳进冰窟窿之中。这时他就会狠狠地扇自己几下，去刻意地平息内心的情感躁动。

如果贾玲还没有结婚，如果贾玲不是残疾人，她会和自己好吗？会和自己结婚吗？会让自己一辈子守着她吗？想到这些张德自己都会无奈地摇摇头。

贾玲奇怪，来张德家的湿滑的坡道上一下子多了许多台阶，而且一看就是新铲出来的。台阶的宽度和高度刚好适合贾玲拄拐行走的步伐。贾玲暗暗感激张德的粗中有细和对自己的一片真心。唉，只是自己无以回报。但愿好人一生平安，来生有缘再做朋友。

这些台阶确实是张德连夜清理出来的。他知道自己家门前的这段坡路，对于一个正常人来说根本就不算什么。但对于贾玲来说就会感到步履艰难，困难重重。尤其是雨后或者冬天结冰后，就连正常人都会打滑，更何况贾玲。张德希望每次贾玲来都由自己抱她进来，而且自己也十分乐意这么做。但毕竟还要考虑贾玲的感受。她不是自己的妻子，每天在众目睽睽之下报过来报过去的，贾玲心里一定不好意思。这样也就会成为她来时候的顾虑。贾玲是个要强的姑娘，要想让她经常来往，一定要改进路况，让她能方便地进出。张德想到做到，在坡路上铲出一条台阶路。

终于传来了贾玲兴奋、清脆、悦耳的声音，两声张大哥的呼唤带着金属的敲击声，好听明亮。

张德急忙打开房门迎了出来。他微笑地看着贾玲，像是兄长迎接自己远行归来的妹妹，或者年轻的父亲迎接自己宝贝女儿归来，总之是兴奋得有些手足无措。

“张大哥，帮我把背包解下，昨晚我给你烙了好多葱花饼。”贾玲说笑呵呵地说着。

张德解开贾玲的背包，沉甸甸的，“这么多啊，你不会连你老公的粮食也给我搬来了吧。”张德兴奋地调侃着。贾玲吸着鼻子，用力搜集弥漫在空气中的饭香，“你想得倒美，这是我们家杨民吃剩下的才让我全部拿给你。他还说了，不能让一个好人饿肚子。还说你一定没有吃过这么好吃的饼。”

“哦，你们家吃剩下还有这么多，那你一定是卖饼的店铺老板娘了。”

“少贫几句吧，先尝尝饼好吃不好吃。”贾玲说着掰开一块饼送进张德的嘴中。

看着张德贪婪的咀嚼的样子，贾玲很高兴：“怎么样，好吃吗?”

“嗯，好吃好吃，这是我长这么大，头一回吃到这么好吃的饼。你一定不要再去上班了，就开家大饼店，一定发财。”

“我看行，我开饼店，就雇你去打杂，还不用付工钱，就给张大饼就行了。”

“呵呵，这么狠毒的老板，我可不敢去伺候。要是哪一天我没有忍住多吃了一口饼，那还不把我的嘴给缝上啊。”

“缝上好啊，我是人和饼双得。有了一个只干活不吃饭的伙计啊。”

正当二人边吃边开玩笑的时候，张德家的邻居端着一盘虎皮辣子走了进来。他和张德关系不错，平常很关心张德，今天听到这个光棍家中有了女人的声音，感觉新奇就进来看看。当然不能空着手来啊，刚炒出来的虎皮辣子就被借花献佛了。

张德忙向贾玲介绍自己这位邻居。同时让座，请他尝尝贾玲的葱油饼。

张德指着贾玲，说：“这是我表妹，在8901厂上班，中午回家吃饭不方便，就临时来我这儿吃个饭。”

“噢——”邻居点着头，看着贾玲：“这妹子真俊，不过你的腿是怎么回事?”

“小时候患上了骨髓炎，被耽搁了，只好截肢了。”张德不知出于什么考虑，没有说出贾玲腿残疾的原因。

“唉，真不幸啊。要不这么俊俏的姑娘一定要在电影上见了。好了，我也不打扰了，尝尝我炒的虎皮辣子吧。你们慢慢吃，我先回去了。”邻居说着放下辣子走了。

张德礼节性地给他一个葱花饼。说道：“那就不挽留了，改天来坐坐。咱哥俩也该喝几杯了。”

邻居出去后，贾玲问道：“你咋不和他说我残疾的真正原因啊?”

“这些人，嘴碎。告诉他们真相，日后不定传出什么风言风语呢。”

贾玲听罢，点点头。也是的，要说是被狼咬残的，会让人感到很传奇，或者干脆就没有人相信。人的猎奇心理无时不在，解释起来也很麻烦。

吃过饭，时间尚早，张德让贾玲躺到床上歇会儿，自己去收拾碗筷，贾玲要帮他，被他拒绝了。贾玲只好躺在有着浓浓男人气味的床上休息一会儿。不知不觉迷迷糊糊地睡着了，等到张德把她叫醒，贾玲还担心会迟到，匆匆忙忙地走了。

随后的几天，贾玲中午都按时来。同时也买些肉、菜，就像两人共同搭伙儿一般。

慢慢地，有一天，贾玲终于问道："张大哥，你怎么不张罗成个家呢?"

听到这般询问，张德的脸色变得有些难看，手中的筷子也不经意地停在半空，陷入了沉思……

张德 18 岁那年，来到手工业联社的弹花社工作。当时的张德，年轻放纵。有热情时候，工作雷厉风行，干得利索起劲，然而就是持续时间不长，三天打鱼两天晒网。今天到西山打野鹁鸽，明天到东山打野兔。他还喜欢养个鸟儿玩个狗，时不时地还聚些狐朋狗友，喝酒聊天。反正是不务正业，在厂里的影响极为不好。

那年，他被当作教育对象，被工厂精简，下放农村，到了西寨公社去务农。当时，张德结婚刚满一年多，还有一个出生不久的女儿。虽然妻子年轻、女儿年幼，然而也不得不随张德一起下放到农村。

落户西寨的张德和社员们一起下地劳动。不久妻子牛芳又生了个儿子，这也算是家中的一件喜事。面对家庭的生活压力，如何能给可爱的一儿一女一个美好人生，张德开始反省了，收敛了。一改曾经的浪荡，起早贪黑，准时准点地下地干活。想通过自己的勤劳，改变家里的生活条件。可是就这么辛辛苦苦的两年干下来，日子还是紧巴巴的，常常是上顿接不到下顿，大人孩子都是饥肠辘辘，两眼发黑。

当时的农村，搞的是集体出工，大伙儿是你看看我，我看看你，生怕自己干多了吃亏，所以多是出工不出力，社里收成情况也就可想而知了。一个劳力一年下来收入很少。张德的妻子要在家照顾两个孩子不能出工，只有张德一个劳动力养活一家四口人，确实是力所不及。过着整日饥寒交迫的日子。看着大人孩子一天到晚没有好脸色，张德又陷入深深的苦恼中，总要想个办法呀，不能就这么坐以待毙。可是一没有学历，二没技能的他又有什么好办法呢。他又开始回头走老路，今天打个鹁鸽野兔，明天来个顺手牵羊弄只鸡鸭什么的。搞得大伙儿见到他如同见到夜叉，唯恐躲之不及。再后来就变成过街老鼠人人喊打了。面对这种老大难的人物，大队领导还曾想动之以情晓之以理给予挽救，但效果甚微。如此大伙儿也就放弃了拉他一把的努力。

一段时间后，队里索性就当没有这么号人，出工派活也没有人管他，自然也没有人给他记工分。这样一来等于彻底断了他的生路。张德只得外出谋生，绞尽脑汁想办法弄吃的东西回来。开始，张德还能两三天回家一趟，手里多少也能带回些吃的东西。可是时间一长，常常是十天八天的也弄不吃的东西，自己糊口都困难，也就无法带回家。甚至他婆娘都常常怀疑，张德是否还活在世上。后来社会上对张德的传言也越来越多。有的说他偷东西被抓紧局子里了，还有的说看见他在沿街乞讨，甚至还有说他饿死了……开始张德的老婆还不相信，自己的老公虽然不务正业，但是人还不是坏人，质朴善良的本性还在。然而流言蜚语多了，死人都能被说活，听着听着也就分不出真假了。

张德的媳妇，牛芳，一个柔弱的女人，带着两个孩子，东家借一口，西家要一碗的勉强度日。开始她对张德还是抱有希望的，认为自己的男人谈不上勤劳，但还是可靠的。经过一段时间的摸索，日子总会好起来的。虽然眼下苦点累点，好在自己还年轻，咬咬牙也就过去了。但是一段时间以后，生活仍不见起色，尤其是整日厮守空房的日子，令她孤独恐惧。

她终于熬不住了。她将两个孩子，背一个，抱一个，决定回娘家了。

风尘仆仆地回到娘家，一脸菜色的牛芳和两个枯瘦的孩子，看得娘家人心如刀绞，大骂张德是个畜生，连老婆孩子都养不起，算什么男人。同时全家人手忙脚乱地准备饭菜。看着牛芳和两个孩子狼吞虎咽地吃着，大家都暗自抹泪。

此时的张德虽还活在世上，但日子也不好过。昨天晚上，他从火车站弄了半袋子炭沫子，心想便宜点卖了，也能弄点钱。可是，炭沫子里灰石多，不好烧也就没人要。张德空等了半天，天都黑了也没有人买。他心里惦记着家里的老婆孩子，自知已经好久没有回家了，就背着半袋子炭沫子准备回家看看。

四十多里的山路，张德走得汗流浃背。等赶到家里，房间已是空空荡荡，死一般的清冷。看到此景，张德心想，牛芳娘几个一定是日子过不下去，或者是嫌自己一段时间没有回家，忍不住寂寞，领着娃娃回娘家了，也就没有敢多耽搁，赶紧朝牛芳的娘家奔去。

张德像只黑熊，一头撞进牛家房门，扑通跪在地上，两只眼睛闪着无助的目光。他知道自己是个不称职的女婿，尤其是眼下，挨一顿岳父母的骂甚至打一顿都是应该的。一个七尺男儿养不好家，还有什么好说的，还能顾什么脸面。他心里做好准备，不管牛芳家里人做出什么举动，他都要全盘接受，耐心忍着，让他们包括老婆牛芳出出心中这口闷气，事情就会解决，老婆孩子也就能和自己回家了。日子嘛总是要过下去的。

岳母闻声出来，一见张德便是勃然大怒，喊着张德岳父前来，帮她赶走张德。他们不认张德这个女婿。

牛芳从里屋出来了，到底是夫妻，她心里多少还是理解张德的苦衷。便哭着拦住父母的驱赶，求他们暂时让张德先留下。毕竟也是自家的女婿，看着泪流满面的女儿，老两口的心也软了。

过了一天，张德的岳父岳母好心规劝张德，好好劳动，养家糊口，再别到处乱跑了，搞得家不像家人不像人的。张德眼眶湿润紧咬嘴唇答应着。

好好劳动，养家糊口，话是对的，可如何能做到也不是嘴上说说那么简单的事情。眼下虽然是天寒地冻的冬季，生产队的劳动也没有停止。社员们战天斗地，正在热火朝天地大修农田水利。张德可以回去参加劳动，问题是这并不能解决眼下全家老小的吃饭问题。

尽管张德并没有想好下一步的安排，但他还是想尽快将老婆孩子领回家，总住在娘家不是个事，人家不说什么自己也感觉不好。

岳父岳母看出了张德的心思，同意他们回去，并要他好生照顾老婆孩子。可是牛芳却对回家心有余悸。她不愿意一个人带着孩子面对漆黑的夜晚也不愿意为了一口吃的，东家借西家求的遭人白眼。父母家虽然也不是很富裕，但是起码不用为饥饱操心，一日三餐饭总是有的。她对张德近期能否走出困境心有疑虑。

可是话又说回来了，嫁出的女子如同泼出的水，牛芳一直留在娘家也不是个事情。隐隐约约的又过了几天，牛芳也感觉总是这样下去也不是个办法，便勉强同意和张德回家。

牛芳父母也没有什么好的办法，准备了半袋包谷面，半袋黑麸面，半罐肉臊子，一瓶清油，几疙瘩萝卜菜，还有一些甜根干，让牛芳带回家以解燃眉之急。而且还反复叮嘱，如果不行了再回来。

牛芳父亲借了一辆架子车，送他们一家人回去。连人带东西的几乎满满一车，也算满载而归了。离开父母，牛芳一路泪落，两个孩子也不断地朝姥姥姥爷挥手告别。老两口抹着泪，看着他们一家人的身影渐渐远去。但愿他们的日子能够走上正轨。

回到西寨，张德找到生产队长，要求回队干活。队长没有给他留情面，严厉训斥了他一番。张德虽心里不服，可表面上还要服服帖帖，听之任之。一番教育之后，队长还算网开一面，答应他暂时回队劳动，以观后效。不过工分要按最低一档记。面对这一结果，张德只好接受。

倒是妻子牛芳对这一结果大为不满。凭什么你一个大劳力要按最低工分记呢？这不是明摆着欺负人吗？牛芳要去找队长理论，被张德拉住了。咱们本身就是外来户，人家收留已经就算不错了。最低就最低吧，多少也差不了几分。牛芳气得大哭，埋怨张德不争气，要是还留在工厂该多好，要比这里强百倍。就是怨你当初不务正业，才会被发落到这个鬼地方。张德想发火，你这不是哪壶不开提哪壶吗？但又一想，难道人家说得不对？事实就这么回事嘛，只能把这口气咽了下去。

一天，张德下地回来，饿得前心贴后心。可是家里冰锅冷灶的没有做饭的痕迹。两个娃娃也不知哭了多长时间才疲惫地进入梦乡。张德有些恼怒，大声喊了两声，“牛芳，牛芳”但并没有回应。

这次是牛芳一人回了娘家了。近些日子，她一直为张德当初在工厂不好好干活，被单位除名下放到农村这件事耿耿于怀。她不能原谅由于张德的原因，而导致他们一家人落入如此的境况。她想着要和张德分开，这种没有指望的日子是不能再过下去了。

牛芳向父母哭诉了一天，列举了他种种的不好，不像一个男人，不务正业，不能养家，让他们母子们整天饿肚子等等，听得父母也是泪流涟涟，怒火中烧。这个张德简直就不是人，畜生，是和他不能过下去了。

有了家人的支持，牛芳执意要和张德离婚，最终带着两个孩子离他而去。当牛芳带着孩子离开的那一天，张德把自己灌醉，他也不想活了。一个原本还算完整的家，瞬间就崩塌了。幸福的大门关得死死的，没有给张德留一丝的希望。

多少年之后，张德才听说，当初牛芳执意要和自己离婚，不仅仅是因为家里穷。更主要的原因是她一次偶然遇到了她的一位儿时恋人。这个人从小就喜欢牛芳，曾经追求过牛芳，牛芳对他也是情投意合。只是因为他家里穷，这段情感被牛芳的父母扼杀了。后来这个人离家出走到南方一个城市闯荡。常常倒腾些新鲜玩意，很快就成了当时为数不多的万元户。小伙子有钱了，衣锦还乡，来接父母到城里住，恰巧遇到牛芳，二人惊喜不已。一番交谈，看着西服革履的恋人，再想想自己一穷二白的破家，牛芳死的心都有。好在小伙子不计前嫌，答应如果牛芳离婚，他可以带她出走，离开这穷乡僻壤，去过城里人的生活。

在巨大的诱惑面前，牛芳没有一丝的抵抗力，很快就投怀送礼了。这也就导致了后来坚决要与张德离婚的事情发生。

据说牛芳离婚后，小伙子遵守承诺，同时也是为了躲避张德，带她和孩子远居南方，从此再无音讯。

此后张德就一直过着一个人吃饱全家不饿的单身生活。上个世纪 80 年代，落实政策时，生产队给张德开了证明，拿着这张证明张德总算是又回到城里。只是走的时候一家人，回来则是孤影一人。

自己的这些往事，张德一般不愿和人谈起，但他不想瞒着贾玲。他撕块葱花饼，放在嘴里慢慢嚼着，“贾玲啊，你张大哥曾经是个招人嫌的人啊。”诉说完家事的张德仿佛有一种解脱。

贾玲忽闪着眼睛没有说话，这些确实是出乎她的意料。人的一生真是奇妙，难以预料会经历什么，会遇到什么……

杨柳槐渐渐也感到自己确实没有希望了。贾玲就像铁板一块，不给杨柳槐任何表白和表现的机会。杨柳槐一腔的热情被贾玲被时间一点点的熄灭了。他甚至常常责问自己，贾玲究竟有什么魔力，让自己如此的神魂颠倒。是她的相貌，是她的身体，还是她内心的精神气质？贾玲身体残疾，而且还要照顾同样身体残疾的男人，还要养孩子。然而这些毕竟是人家的私事，与你杨柳槐何干？贾玲也没有表现出痛苦的样子需要你杨柳槐去解救啊。你这不是杞人忧天，多此一举吗？

就在杨柳槐内心矛盾纠结的时候，工厂要在深圳成立一家分厂以便开发科研，占领市场。成立分厂，自然需要相关人员过去筹建。这工作，对很多人特别是年轻人吸引力极大。谁不想到外面的世界去开放眼界，听说那边工资比内地要高好几倍，还经常有出国的机会呢。

杨柳槐具有中专文凭，竞争有优势。杨柳槐略加思索便决定报名。他倒不是因为工资和出国，他只为了逃避，换个环境，让自己别再这么痛苦下去。俗话说，眼不见心不烦。离开了，见不到贾玲了，或许自己的内心就踏实了，就释然了。要不像目前这样，天天见面却要当成陌生人，真的是一件很难的事情。

去深圳这样的事情，似乎和贾玲没有丝毫的关系。她连申请的资格都没有。贾玲也就落个安静，既然与己无干，何必多费心思。至于杨柳槐提出申请，要去深圳。贾玲内心倒是有些纠结。说实在的，她不愿意和他有什么特殊的关系，但不意味着不想见他。他在自己心中的位置还是很重的。和他交往也是件很快乐的事情。自己现在故意冷淡他，也是无奈之举。如果真能像好朋友那样相处，是贾玲求之不得的。爱一个人不一定非要得到他的身体及全部，如果有一份思念，一份牵挂，能够时时刻刻甜蜜地存在于心中，那也是很幸福的事情。

她理解杨柳槐的做法，换一个工作环境对他来说应该是件好事。他总有一天会理解自己的苦心，爱不意味着占有。他在自己心中的地位不会变，这份思念会永远的存在。他是好人，好人应该是一生幸福的。

杨柳槐走了，他如愿以偿的被派到深圳分厂去了，不过走的时候，他没有来和贾玲道别。为此，在贾玲心中留下一丝隐隐的痛。

一段时间，贾玲的生活平静很多，每天就按部就班的上班下班。车间又有许多陌生的面孔进来。贾玲成了这里的老人，好多人都尊敬地叫她贾师傅。

人就是这么怪，很多东西在的时候不珍惜，恨不得马上丢掉，永远不见。一旦真的没有了，内心却又十分留念。杨柳槐走了，贾玲又觉得突然缺少了点什么，心里有种空荡荡的感觉。自觉不自觉地想起他，他的一举一动，他那熟悉的背影，整日纠缠不清的微笑。这一切在的时候似乎是包袱，不在了又是隐隐的思念。他现在工作得好吗？幸福快乐吗？找到心爱的女人了吗？还记恨我吗？

这一切总算过去了，只要是他幸福快乐，我就高兴。这是贾玲的心里话，她确实是这么想的。她在心里默默地祝福他一切顺利，把这段美好的记忆永远地藏在心中吧。

自从杨柳槐走了以后，贾玲中午也不再去张德那里吃饭了，借口已经没有了，一切回归了正常，没有道理再去麻烦张大哥。

张德和杨柳槐一样都是好人，但朋友之间必须保持一定的距离，只有这样才能确保大家交往长久，没有烦恼。人是感情的动物，而感情往往是难以控制的。必须时刻提醒自己，锁住不应释放的情感，只有这样大家才会相安无事。这点贾玲是深有体会的，她不愿意张德成为第二个杨柳槐。

不过这样一来，张德倒有些不习惯了。多少年来，本来孤独、寂寞、形只影单的生活，张德已经过习惯了。但是自从贾玲闯进他的生活，给他来了很多别样的情趣。空气中也凝聚了快乐的因子。他对贾玲并没有什么过分的企图，只是和她在一起就觉得很快乐。随着时间的交往，贾玲渐渐在他的心中形成了特殊的地位。他看不得贾玲受苦，看不得她不高兴。能为她做点事情，赔钱搭时间，他都愿意。

自打牛芳带着孩子离他以后，一段时间，他对女人有着一种特殊的嫉恨。觉得她们自私，不可靠，情感放荡。甚至每每想到和牛芳过夫妻生活的样子，都会觉得恶心。他曾暗下决心，这辈子再也不找女人了，就这么独自终老挺好。为女人花费太多的心思简直就是浪费生命，十分不值。当他第一次看到贾玲，确切说不是从女人的角度看，而是从一个残疾人角度来观察的。贾玲相貌俊秀，这似乎是吸引男人的前提条件，但恰恰张德根本就没有关注贾玲这一点，自己仿佛是同志般的对女性的色相没有感觉。倒是贾玲的那条残腿，引起了他的兴趣。腿是怎么残的，车祸，还是摔伤，抑或出生的时候就是一条腿……因为有这些胡思乱想，对贾玲的关注也就多了很多。

通过一段时间的关注，贾玲身上一种特殊的气质，深深地吸引了张德。她的那种美丽、善良、勤劳和温柔，使得张德又重新对女人有了新的认识。或许不是所有的女人都像牛芳那样自私自利。善良女人身上体现出来的特殊品质，对男人同样有着深深的诱惑。女人的温柔可以熔化男人心中的钢铁。女人可以改变男人的性格。张德对贾玲的关注，渐渐地也由猎奇变成吸引和爱慕。每天如果能和贾玲说几句话，张德的心情会好一天。

张德越来越欣赏贾玲，但他并没有让自己的情感放纵。贾玲在自己心中就是一朵美丽的玫瑰，不能沾染上任何的亵渎和污染。张德有时候想，自己对贾玲的爱慕，似乎已经超出了世俗的男女情爱，上升为崇高的理想境界。张德喜欢贾玲，但没有想得到她的身体，只是希望能得到她的微笑和充满快乐的眼神，这难道还不算崇高吗？张德愿意为贾玲做事，没有任何条件和回报的做事。只要是能看到她，和她在一起，感受她青春靓丽的气息，就已经足够了。张德是这么想的也是这么做的。这些年只要有机会，他总是默默地在贾玲身边呵护她。很多时候更像父亲在照顾女儿那样细致和认真。

一段时间，贾玲中午到他家吃饭，真真切切给他提供了天赐良机。每天能和她在一起，阳光都格外的明亮。他会想尽一切办法，在自己力所能及的情况下，做很多好吃的。当看着贾玲那副贪吃的样子时，张德就像吃了蜜一样甜蜜。虽说贾玲坚持要给他一些饭费，但他都会想方设法还给贾玲。钱算什么，花钱给自己喜欢的人，是件很愉快的事情。

而眼下贾玲说不来就不来了，这令张德心中很不愉快，但也无可奈何。他理解贾玲的做法。虽然他能看得出贾玲对自己也很好，甚至说是有一种依恋感。但两人之间没有捅破那层窗户纸，双方只是单纯的工友关系，充其量算是好朋友。贾玲不得不顾及影响。其实自己何尝不是这样。想当初，门口的坡路滑，自己不是连夜铲台阶。自己何尝不是想每天都抱着贾玲上下坡。男人和女人啊，既要吸引又要防备，真的是很累。不过人言可畏，人多眼杂，真要是让别人说出什么不三不四的话来，自己一个大男人无所谓，倒是让贾玲这样的弱女子怎么办呢。所以说贾玲的顾虑是有道理的。大家既然没有夫妻的命，就不能总是厮守在一起，不来就不来吧。

张德无奈地叹了口气。

第十五章　就　谷

科学技术，飞速发展。电子产品，日新月异。一段时间人们引以为豪的黑白电视机，很快就被彩色电视机取代了。

工厂出于战略考虑，积极筹措资金，进入到生产彩色电视机的行业。虽然企业的主要精力已经转向了彩电产品。但是即将寿终正寝的黑白电视还是要生存一段时间的，它要将已经生产、成型的部件继续组装起来，销往还不发达的地区和国家。

这样一来，贾玲所从事的支架整理的工作，依旧繁重琐碎。但是贾玲也还是做得认真负责，有条不紊。在加班者的行列中总是能看到贾玲的身影。连续几个月，贾玲的月工资超过 120 元，这在当时全厂工人中也是不多见的。

贾玲工作上任劳任怨，兢兢业业，工友们看在眼里，佩服在心里。从领导到普通工人，无不对贾玲大加赞赏。为此，厂里特批给贾玲一个转正名额，贾玲就要成为工厂的正式工人了。

看着手里的转正表格，贾玲心中激动不已，从来没有这么幸福的感觉。这是领导和同志们对自己工作的认可，也是自己多年不断努力的结果。自己的人生将面临新的转折，自己的前面是光明的前途。只要肯努力，身残算什么。一切都是事在人为，只要肯付出必定有回报。

贾玲认真仔细地填好表格，交给车间主任，等待厂里的最后审批。从此贾玲更加努力地工作了。她要以更加优异的成绩回报厂里，回报帮助和鼓励自己的工友们。

厂长高明达要调走了，这次是升迁，被调往省电子工业公司任职。听到这个消息，贾玲心中一阵失落。当初是高厂长向自己敞开了工厂的大门，在自己困难的时候接收自己。贾玲心里明白，当时的工厂并不缺人，尤其是不缺她这样的残疾工人。后来贾玲也听说，贾玲这个岗位有很多人排队翘首以盼呢。

高厂长收留贾玲完全是从关心照顾残疾人的立场考虑的。他认为工厂有义务替国家关心和爱护残疾朋友。我们这个社会不应当让这些已然身残的人，在精神上、生活上面临更大的困难。

令高厂长欣慰的是，他没有看错贾玲，贾玲认真负责的工作态度，得到全厂工人的认可。当初还有一些人，对高厂长招录贾玲颇有微词，说这么多健全的人排队等着进工厂不招，却要招一个残疾的人，一定是这个人和厂长有什么特殊的关系。对这些风言风语，高厂长概不理睬，也不过多地解释，自己问心无愧就行了。

事实证明贾玲的工作效率和能力，是很多健全的人所不及的。做好工作除了有正常的身体状况外，责任心和工作态度则是更重要。

贾玲想到厂长办公室去，亲自向厂长说声谢谢，然后再给他鞠个躬，以示感谢。可是，贾玲来到厂长办公室时，大门紧锁，厂长不在。贾玲深感遗憾地站在楼道里。

厂办的楼道里，人来人往，人人都显得严肃、紧张、沉闷。他们仿佛没有看见贾玲，或是见到了也装得视而不见。他们只关心自己手里的工作，其他与己无关事情和话要少干和少说。这或许是在行政机关或者说在领导机关所应该具备的起码要求吧。这方面贾玲不懂也没有体会，只是感觉这些人冷漠，生硬，不好接触。

贾玲还是从来来往往的人们嘴中听到一些信息。好像是厂里中午有午宴，为高厂长送行，同时也迎接新厂长上任。贾玲知道这种场合自己是不适合参加的。自己只是一个普通的女工，天职就是干好领导交给的工作，这种迎来送往和自己没有一点的关系。况且自己本来就和高厂长没有任何私交，自己贸然来看或者来送厂长算什么呢？或许外人还以为自己借厂长升官有什么所求呢。算了，好人一生平安，自己在心里祝福高厂长工作顺利，家庭幸福就行了。想到这，贾玲默默注视了一眼厂长办公室的门，转身走出厂办大楼。

新厂长上任的第八天，转正名单张榜公布了，一整张的红纸，贴在宣传栏的玻璃上，总共 14 人。贾玲所在的支架整理车间只有一个名字榜上有名，但不是贾玲，而是孟婷婷。不对啊，不是特批给贾玲的吗？怎么突然换成孟婷婷了？

看到这一结果，贾玲一时目瞪口呆。是不是搞错了，贾玲又仔细地看了看红榜，没有错啊，明明是写着孟婷婷的名字。对于这次转正，刚开始贾玲并没有往心里去，根本就不想这事。本来嘛，厂里这么多身体健全的临时工，有些还和厂里的领导多多少少有些关系，而转正的名额又极为有限，怎么也不会轮到自己啊。但是车间主任明明和自己说的，厂里特给她一个名额，还说是对自己长期工作表现的认可和奖励。一下子把自己从地上拽到天上。不仅自己兴奋不已，很多工友也为自己高兴。大家还说，厂里这么做是对的，就应该鼓励认真工作的人。一切都欢天喜地地进行着，表也填了，工友们还嚷嚷着让贾玲请客，弄得满城风雨的，末了却来这么一手，这不是耍人玩吗？事情就是这样，原本没有也就无所谓，明明告诉你有，还让你上台去领，到跟前了却告诉你，不是你的，是给别人的……这种突如其来的戏弄简直是让人难以接受。

这件事让贾玲在精神上深受打击。社会的复杂，人心的叵测，超出了贾玲的想象，这种烦恼远远超出了失去一条腿带来的伤害。贾玲问车间主任，到厂办问有关部门，大家都支支吾吾，左右而言他。老厂长走了，很多他定的事情也就此一时彼一时了，厂里的一切还不是要听现任厂长的。贾玲问了半天也没有问出个所以然。只是大家都说，这是厂办公会议决定的。这下好了，是集体决定的，不是哪个个人所为，你还能怎么办？

从巅峰到谷底，巨大的落差。一个由喜变悲的经历，让贾玲实实在在地品尝到了。

平时显现在贾玲脸上的那抹彩霞不见了。似乎整个车间的天空也被压抑着，喘不过气来。工友们想劝贾玲想开些，可是大伙儿又能说什么呢？谁遇到这事心里能好受。大伙儿也只能是尽量与贾玲保持一定的距离，默不作声而已。或许时间是疗伤的最好药方吧。

贾玲是坚强的，内心强大，不是那么容易被击倒的。也没啥，明天的太阳还要出来，明天还要继续工作，日子总还是要过的。

第二天，贾玲依旧早早地就坐在了工作岗位上。同事们一个个蹑手蹑脚，还在担心贾玲心里过不去这个坎，再来个狂风暴雨什么的。可是，出乎大家意料的是，一切风和日丽。贾玲和颜悦色，谈笑风生地和工友们打着招呼，麻利地干着手里的活。能如此神速地调整好心态，大家无不佩服贾玲的自控能力。

中午，贾玲吃着自备的午餐，然后趴在桌子上小憩一下，养精蓄锐，做好下午的工作。

中午的阳光暖阳阳地包裹着贾玲的身躯。一阵倦意，眼帘像秤砣一样坠了下去……恍惚中，贾玲突然觉得，自己变成了一只小鸟，闪着幽幽的目光。拼命地挣扎，却难以脱身。这时一只大鸟飞来，贼亮的眼睛，尖锐的喙，向自己飞来。眼看小命难保，又是一阵挣扎，忽然生出一对硕大的翅膀，翩翩飞走了……

贾玲正徜徉于惬意爽快的梦境中，忽觉被人推了一把，猛地清醒了。贾玲睡眼惺忪地看着，原来是伊建军站在身边。他笑着问道，“梦周公呢，啊——啊——叫着?”

贾玲有些难为情地说：“刚才稍微眯了一会儿，做了一个梦。”

伊建军说道，“咱们车间要挑几个人调到组装车间，我也要过去。现在好多人都争着想去呢。你怎么想的?”

“我无所谓，我这样的人不能跟人家比，有工作干就不错了。”贾玲的口气中还夹杂着对转正风波的心有余悸。

伊建军不想让贾玲重提旧事，说了几句安慰的话，比如其实在哪里干都是一样的，就姗姗离开了。

贾玲知道组装车间，工作环境干净，舒适，挣得钱比这里要多，在工厂里算是个肥差岗位。也正因为如此，贾玲才不想加入到竞争的行列中去，转正的教训已经够深刻的了。自己没有资本去和人家竞争优越的工作岗位和工作条件。自己所能做到的就是要在别人都看不上的岗位上，做出成绩才是生存的基础。工厂也是一个小社会，里面的各种关系纠缠不清，远离这些利益纠葛才是减少烦恼最好方法。与其去做办不到的事情，还不如不去做。免得自寻烦恼，自找其辱。

社会上很多事情真的是很难预料的。尽管贾玲忍气吞声，兢兢业业地做着本职工作，希望能安安稳稳地在工厂干下去，平平安安地过日子。但是她不想遇到的麻烦事还是找上门来。

随着国家改革开放的进行，实行市场经济，市场的供需结构也发生根本的变化。很多企业尤其是一些国有老企业，为了能够生存下去，不得不转产改制或者压缩规模，这带来的直接结果就是，有一大批工人面临下岗或者转岗。

贾玲所在的工厂是老国有企业，机制与管理更加落后，在激烈的市场竞争中毫无悬念地被一些新兴的科技产业和公司打败。工厂产品陈旧，成本居高不下，自己还没有定价权。眼看着原有的市场份额一点点被吞噬殆尽。库存积压，资金紧张，面临着破产倒闭的边缘。厂领导们所能做的就是求有关部门给予资金和订单上的帮助，维持生存。然而进入市场经济是大势所趋，就是神仙老子也救不了企业一辈子。很快企业就面临清产核资，进入破产程序。不用说，工厂首先要做的就是工人下岗，另谋出路。尽管工人下岗也是分批分期的，但是贾玲毫无悬念的第一批下岗了。

“今天中午怎么回来了？”看着中午很少回家的妻子，杨民流露出疑惑的眼神。他站在火炉旁边，准备热些剩饭吃。

“工厂要倒闭了，我下岗了。”贾玲口气显得平和。

“下岗？”杨民显然对这个新词还不是很熟悉。

“就是失业了，工厂不要我了。”贾玲索性一说到底。

杨民放下手中饭碗，扶贾玲坐下，愣愣地看着妻子，不知说些什么好。

哇的一声，贾玲痛哭失声，泪如泉涌，仿佛要把这多年的委屈一下倾倒出来。这着实吓了杨民一跳，险从贾玲身边跌倒。

在他的印象之中，贾玲是坚强乐观的，很少见她流眼泪。用贾玲自己的话说就是小时候都哭完了。可今天这是怎么了，为何哭得这么伤心？杨民轻轻劝慰着，蜡黄的手轻轻从她脸庞抚过，并拿出一张纸巾递过去。

贾玲一巴掌把杨民的手打到一边，似乎这一切都因杨民而为。杨民赶忙用自己的另一只手拍打自己的手，“该打该打，这只讨厌的手，把我们的贾玲惹恼了。”杨民像是哄着一个受了委屈的孩子。

贾玲破涕笑了，尽管笑得有些勉强，但是痛哭之后，内心的郁闷还是疏解了很多。

得知原因之后，杨民劝说道：“没有事，正好利用这段时间好好休息一下。这些年你太辛苦了。很多事情我们再想办法就是了。要是哭坏了身子就不值了。”

“我是觉得，干了这就久了，说离开就离开，真是很舍不得。”贾玲抽泣着说道。

杨民说：“天无绝人之路，暂时休息几天，咱们再作打算。”

贾玲点点头，她也不想让丈夫过分替自己担心。他说得对，日子总是要过下去，只要自己努力，工作的机会会很多，当初不就是自己贸然闯到工厂去的吗？再说了，现在厂里还发基本工资，日子就是紧巴了点，日后会好的。想到这些，贾玲释然了很多。

这天，杨民突然晕倒，失去意识。这可把贾玲吓坏了。要送医院，可自己这样子怎么行呢。情急之下，贾玲想到了张德，眼下也只有求他帮忙了。

贾玲拖着残腿，跌跌撞撞地来到张德家。贾玲急迫地敲着门：“张大哥，杨民昏过去了，要往医院里送，帮帮我吧。”贾玲的声音中含着哭腔。

听到声音，张德赶紧起身，简单问了情况后，去借了辆三轮车，把贾玲往车上一抱，说："不要着急，这就送医院。"

张德用最快的速度将杨民送到县医院。

急诊大夫懒洋洋的，惺忪着眼睛，像还没有睡醒般的。她伸手摸了摸杨民的前额，吓了一跳，这么热，一试表，41 度。医生也有些紧张了。赶紧开药方，化验，注射退烧药，一阵忙活。

杨民昏迷了两天两夜，幸好有张德整天帮衬着，不然，贾玲一个人还真是没有办法。就这样也把贾玲熬得形同枯槁，面目憔悴。

张德担心贾玲也被累倒了，就劝她："你回去休息休息吧，我在这里盯着，不会有事的。"

贾玲心里充满着感动，想说声"谢谢"，话到嘴边，被牙齿咬住了，泪水无法抑制地簌簌而下。

"你们都回去休息吧，现在我能行了。"杨民有气无力地说道。看见这几天大家为了自己，弄得精疲力尽的样子，杨民深感愧疚。

张德看着贾玲两口子，故作轻松地说："行啥行，杨民，你刚醒过来，还不能离开人。我这么壮的身体，这点事算什么。你什么也不用说了，好好休息。贾玲你赶紧走，要不我就生气了。"

贾玲只好回家了……

元旦前夕，杨民吵着要出院，不是病情痊愈了，而是家里没钱了。杨民不让贾玲到处去借，自己这身体状况已经很拖累贾玲了，岂能再在钱上让贾玲犯难呢。

俗话说得好，有啥千万别有病，没啥千万别没钱。杨民这一住院，贾玲确实已经捉襟见肘了，辛辛苦苦积攒的一千多块钱已经所剩无几了。而杨民的病不是几天就能治好的，时不时的还会昏迷。面对如此的窘境，贾玲急需的是找一份工作，以解燃眉之急。

这天贾玲准备到镇上去修鞋。贾玲脚下的那只皮鞋，已经断底好长时间了，不修不行了。

摆摊修鞋的是一位妇女，姓吴，看上去有三十七八岁，以前贾玲也曾找她修过鞋，算是个半熟脸。这次贾玲来修鞋，两人就交谈起来。

当得知贾玲目前下岗，爱人住院，日子过得窘迫时，吴师傅给她建议道：“不如我教你修鞋，现在人们的生活水平好了，穿皮鞋的人也多了。干修鞋这行，有时生意好了，一天就挣四五十块钱。不过就是风吹日晒的有些脏累，不知像你这样的城里人能不能吃这个苦。”

一天就挣四五十块钱，贾玲惊诧着闪着不可思议的目光。她有点不相信吴师傅说的，随口说道：“真的能挣这么多啊？”

“你还不相信，我是看你可怜，才告诉你的。干我们这行，看似不显山不露水，但成本低，积少成多，算下来也真是不少挣。就是被人看不起，很多人不稀罕干。”

贾玲说：“我从小也是在农村长大的。家里一样穷得很。我最不怕的就是吃苦。干这行有什么不好，凭自己的本事吃饭，谁也说不出什么。谢谢你给我指了一条路，我就拜你为师。”

吴姓妇女其实也就是想说说而已，里面还多少包含一些吹嘘的成分。她不相信哪个城里人能干这行，风吹日晒不说，就是每天面对来来往往的熟人，面子上这一关就不好过。但是没有想到贾玲却认真了，非要向自己学习修鞋不可。而自己的大话也说出去了，看来自己的这个竞争对手是甩不掉了。想到这里心里还是有些后悔的。

不过又一想，贾玲是个残疾人，家里还有个残疾丈夫，还有病住院。生活一定是很困难的。自己若能帮她一把，也算是做件大善事啊。搞不好老天都会保佑自己发财呢。面对这样可怜的女人帮就帮了吧。想到此，她的内心豁然开朗了。

这时贾玲小声地问道：“吴师傅，置办一套工具需要多少钱啊？”

吴师傅笑笑，说道：“一般置齐需要几十块吧。不过谁让咱姐俩有缘分呢。我还有一套备用的工具，你先拿去用，等挣了钱了再去买新的。”

听到这话，贾玲又被感动了，这世上还是好人多啊。

第二天，当贾玲再次到来的时候，吴师傅已经给她准备好了所有家当。一架修鞋机，一个铁钉掌，一张皮围裙，一双线手套，一把小木椅，一只小方凳，一把钉锤，一把剪刀，一把钳子，一把起子，一把斜刀，一把钩锥，一把锛子，一块磨石……

不待贾玲说话，吴师已将皮围裙系在贾玲身上，扶她坐在小木椅上，正式开始教徒。

很多事情看上去简单，其实真正干起来，才发觉里面道道挺多的。修鞋这行就是这样。首先要学会认鞋子。什么皮子的，皮子的品质如何，是双接头还是三接头等等，而且怎么补才能省皮子，还尽量让人看不出来是补过的鞋。

开始，每次都是吴师傅在皮鞋的重要位置钉好了铁铁钉，然后留出一块空缺，要贾玲学着钉。

开始贾玲手生，下锤也不稳，砸着手是常有的事，经常把手砸出血，生疼生疼的。贾玲这才明白，看似没有什么技术含量的活，其实也是一门手艺啊。

吴师傅也会手把手地教他，钉掌要求稳、准、狠，一锤定位，二锤楔进，三锤整平。多一锤不行，少一锤不行。多了将鞋底钉穿，少了铁掌不稳。钉出的鞋子还要美观结实。干这行很多时候就是要吃回头客。所以说，每钉一双鞋都不能马虎应付。

每次客人交钱一走，吴师傅都会拿出几块给贾玲。开始贾玲硬是不要，学手艺不交钱就不错了怎还能拿钱呢。可是每次吴师傅强行塞给她："这是规矩，你不用不好意思。"

傍晚收工，贾玲分得了8块钱。而吴师傅数着手里的一沓钱："连算上给你的，今天总共赚39块钱。"

就在贾玲每天认真学习修鞋的时候，一天傍晚，工厂支架整理车间的主任苟宗仁来贾玲家找贾玲。

他告诉贾玲，工厂最近经营有些好转，接了不少的订单。厂里要求部分下岗的工人回厂上班。车间主任苟宗仁知道贾玲工作认真，本人又有残疾，家庭生活困难，就首先想到了她，希望她回厂上班，而且车间主任还亲自到家里来通知贾玲。并且告诉她将来可能还有转正的机会。

贾玲看看苟主任，没有说话。苟宗仁知道贾玲还在为上一次转正的事情耿耿于怀，便略有尴尬地解释道："贾玲，我们都知道你的工作态度好，在工厂的口碑也好。转正的机会多得很，厂里每年都有，早晚肯定会轮到你。可是孟婷婷只有那么一次机会，错过了她这一辈子也就别想转正了。我也不知她是怎么说通新厂长的。既然厂长发话了，我们也只能顺水推舟了。我也不想伤害到你，但事实上又不可能不伤害到你。"苟宗仁不知道贾玲听着没有，只是一骨脑地将话说完。

贾玲依旧没有吭声。事情过去这么久了，就是再激荡的心情也早就平复了。就是贾玲知道了当时的事情的真相，也没有什么感觉了。只是自己这一段时间的修鞋工作虽然辛苦，但生活逐步走向正轨。这时候突然提出要回工厂上班，这一时还真有些拿捏不准。她对工厂还想着她这个残疾人，表示感谢，答应苟宗仁自己再想想，过几天给他答复。苟宗仁同意了。

送走苟宗仁，贾玲内心很纠结，她不知自己现在应该如何选择。工厂对她还是很有吸引力的，毕竟是一个正规单位，那里还寄托着自己青春的梦想。况且苟宗仁还说有转正的可能。真正的纠结是怎么和吴师傅说呢。她那么热心、认真地帮助自己，眼看自己也逐步入门了。而且修鞋的利润也是可观的，很多时候可以自己掌握时间，多干就多赚，不像在单位，就算加多少班也是那点死工资，外带可怜的加班费。这一切刚刚有些眉目，自己就甩手不干了，实在是不好。

贾玲想找人商量商量，可是，家里除了杨民忽高忽低的鼾声，再无他人。这一夜贾玲思前想后的没有睡好，最终也还是拿不定主意。

第二天，贾玲出摊，意外地碰到了张德。这使贾玲十分惊喜："张大哥，这么早，你在干啥呢?"

"我现在在清理垃圾。东门口的，火车站的，大城里的，新市区的、小北街的，汽车站的，还有南门下的，这些地方都归我清扫。"张德一副任劳任怨，甚至还有点美滋滋的感觉。

"你最近怎么样？什么时候学会修鞋了?"张德关切地问贾玲，他们也有一段时间没有见面了。

贾玲把自己大致的情况和张德说了一下，尤其是工厂要她回去上班的事情也征求了张德的意见。

张德听后说："根据你的身体状况，我觉得你还是回厂上班为好，毕竟工作稳定，还有公费医疗，如果能转正成为正式工还是不错的。"

贾玲听从了张德的意见，决定回厂上班。她把情况和吴师傅说明，并对她给予自己的帮助表示感谢。吴师傅当然会理解的。当初帮助贾玲修鞋其实也是没有办法的办法，一个残疾姑娘风餐露宿的外面摆摊也是很辛苦，不方便。回单位上班好。

吴师傅对贾玲说，以后有困难还可以找她，能帮忙一定会帮忙的。贾玲很是感动，惜惜话别。

第十六章　甘　来

社会进入市场经济，在飞速发展的同时也在不断地大浪淘沙。要想站稳市场，诚信和产品质量至关重要。镇里原来有个集体所有制企业“城关镇电器厂”，专门生产鼓风机。刚刚成立的时候，生意火爆。工人由原来的十几个人，猛增到一百多人，工厂效益好，工资自然就高。好多镇领导的子女都想挤进来。正应了那句老话，萝卜快了不起泥。随着产品供不应求，工厂一味地抢数量，忽略更确切地说是放纵产品质量。生产出来的鼓风机质量很快就出现了问题。一是漆包线质量不过关，容易短路烧机。二是偷工减料，要么线圈匝数不够，要么没将浇漆烘干。三是盲目降低成本，外壳轻薄而易破，就像一个空蛋壳，稍微一碰就碎。

这期间，定西南川的一家小作坊里生产了一种名叫“风神牌”的鼓风机，由于质量、价格、性能都出类拔萃，产品迅速被市场所认可。风神鼓风机不但产品质量好，还有一个在当时算是非常超前的营销理念：以旧换新。一下子，那些由“城关镇电器厂”生产很多次品鼓风机，快速被回收，堆积如山。这无形中又为风神鼓风机做了不花钱的广告宣传。原来电器厂的很多技术骨干都调到风神厂。

后来结果就可想而知了，“城关镇电器厂”很快就被风神厂兼并了。

一个偶然的机会，贾玲得知，风神厂的老板自己认识，要说还是一个有点沾亲带故的远方亲戚。贾玲把张德介绍给风神厂老板。经过面试后。老板同意张德到工厂上班。张德身材魁梧，干活认真，什么工作到他手里都搞得井井有条，风生水起，深受老板的赏识，不久就提升为车间主管，工资待遇自然丰厚。如今再见张德，西服革履的像个大领导了。见到这些变化，贾玲从心里替张德高兴。

第十七章　厚　积

时间过得真快，一晃儿贾玲的儿子杨永军，已经7岁了，十分可爱，整天像只顽皮的猴子在杨民身上爬来爬去的。他喜欢和爸爸在一起，没有感觉自己的残疾爸爸与别人有什么不同。父子情深是源于血缘的。

一天傍晚，杨永军又随爸爸去转街。金黄的榆钱挂满树枝，仿佛一串串诱人的谷穗。杨民对儿子说："那叫榆树钱，可以吃，大口大口地嚼，嘴里就觉黏黏的，好像鼻涕。生活困难的时候，人们都用它充饥，救了好多人的性命。"

杨永军不信，拽下一串，放在舌头上咂摸着，没啥味道，就捋了一大把塞进嘴里，像吃炒面一样大口地嚼，黏黏的果真满口鼻涕的感觉。

杨民又说："采得多了还能做菜馍馍。"

树叶也能做馍馍，杨永军听后觉得很新奇，一定要多采些回去，交给奶奶做馍馍。

经过几年的努力，贾玲终于盖起来自己的新房子，而且还是独门独院的小楼。

杨民的弟弟杨伟很想过来看看，但是实在是不好意思。想想当年分家时候，自己做的那些事情，就会觉得脸红。这些年自己的日子混得一般，还不如残疾哥哥过得好，为此常被父母旁敲侧击的指责。唉，也怨自己。没有搞好计划生育，孩子一大堆，每张嘴都要喂，有点钱都吃了。老婆也远不及贾玲贤惠能干。一看到破旧的家就烦。一有空就往牌桌上跑，有点闲钱也都输给牌友了。随着时间的推移，脾气还越来越大，动不动就离家出走，把好几张嗷嗷待哺的嘴甩给自己。悔不当初不听父母劝阻，光顾自己痛快了，没有想到事后的麻烦，弄一堆孩子，后悔莫及啊。

这天，杨伟硬着头皮来到哥哥家。杨民一看是杨伟，不冷不热地打了个招呼就扭头干自己的事去了。态度很明确，不欢迎。杨民太知道自己这个自私自利的弟弟了，想必前来登门一定也没有什么好事。只是碍于亲兄弟的面子，不好直接把他轰出去。

杨伟尴尬地赞美着房子盖得气魄。问道："大哥啊，盖这么好的房子得花多少钱啊，一定不少于十万吧，真不敢想象，二哥二嫂真是太能干了。"

杨民不软不硬地敷衍着："多少钱也是我和你嫂子一分一分挣的。具体数字我也说不清，都是你嫂子操办的。"

杨伟的脸顿时成了斑马的屁股，白一道黑一道的，"我参观参观。"说着便在屋里转悠开了。

杨民尽管不高兴，但也不好制止。看就看吧，又看不到眼睛里去。

杨伟看到屋内宽敞明亮，窗明几净，而且家具齐全。大立柜、写字台、高低柜、梳妆台、玻璃柜、沙发、茶几、角柜、书柜……不仅如此还有电视、冰箱、收录机、洗衣机呢。相比之下，自己那家哪里算得上是家，简直是狗窝不如。不仅眼馋得不行，还有些胡思乱想，两个残疾人怎么能挣这么多钱，不会是摔个跟头捡了一包黄金吧？

再眼馋再羡慕也是人家的房子，自己只能是过过眼瘾，回去做个美梦吧，本来杨伟还想和杨民借点钱，估计也是没有戏，算了吧，别自寻烦恼了，便没有张嘴，悻悻而去。

此时不光是杨民的弟弟杨伟垂涎欲滴，贾玲的妹妹贾环也找到姐姐，想求贾玲给她在城里找个营生干干。他们这些人感觉，自己穷是穷在农村，一旦走出农村，一定会富裕的。贾玲似乎就是个例子。况且我们还都是健全的人呢。

贾玲想了想，贾环进城，想找个工作没有那么简单，知识和岁数都没有优势，不过倒是可以教她修鞋摆摊。要是干好了也是收益不错的。但不知贾环是否愿意。

36 岁的贾环，已是 4 个孩子的母亲，一儿三女。家庭和生活的拖累使她看上去是名副其实的老农妇。佝偻着身体，粗糙的皮肤，像被风干的腊肉，一副衰老样。

但与同村人相比，贾环还是属于勤劳的人。她种着承包的二十几亩地。她养着驴、猪、羊等牲畜，解决温饱已经不是问题了。所以知道贾玲的想法后，贾环还是拒绝了。

第十八章 梦 翼

儿子杨永兵好像一天之间突然长大了，似乎贾玲还没有反应过来，他已经大学毕业了。这可全是他奶奶的功劳，在对待孩子的问题上，贾玲是愧疚的，没很好的能尽到母亲的义务和责任。孩子从小就是和爷爷奶奶一起生活，一直到后来上学，贾玲几乎很少过问。或者说没有机会过问。而杨永兵对于母亲也是陌生的，之间缺乏与爷爷奶奶和父亲之间的亲近感。

这天杨永兵回家来，说是要到北京去找工作，特来向父母道别。并说，这次出去，可能需要很长时间，要父母不用为他担心，他已经长大了，应该有自己的生活了。大学毕业了，他必须到外面去打拼、谋生。他要自食其力，不能再花父母和爷爷奶奶的钱了。

另外，他还带着一个女孩儿过来，特意让父母过过目认识一下。这是他的女朋友，大学同学，已经交往两年了。让父母看只是让他们见见，没有征求他们意见的意思。他们的关系已经确定，这次也是要和这个女孩儿一起外出打拼。

女孩儿青春靓丽，比较时尚，相貌与杨永兵也很般配。

贾玲打量着女孩儿，活泼、灵动而又不失文静。她的发卡上有个蝴蝶结，粉色的时不时地扇动几下，像是活了。

贾玲很喜欢这个女孩儿，祝他们幸福快乐。

第一次见面，贾玲也没有什么表示的，她让杨民拿出两万块钱来，交给女孩儿。算是见面礼了。女孩儿不要，他觉得杨永兵的父母作为残疾人，挣点钱很不容易的。自己这么年轻，正是年富力强的时候，怎么能伸手要长辈的钱，这不是他们这代大学生的性格。当代大学生是自强自立，应该孝敬父母才对。

见两人争执不清，杨永兵说道：“妈妈，先不用拿了，你先存着，如果我们找不到工作，等着我们回来时再说。”杨永兵在不伤害父母和女朋友情绪的基础上，委婉地谢绝着。

儿子和他的女朋友走了，去寻找属于他们的生活。看着他们远去的背影，贾玲眼睛渐渐潮湿了。是啊，孩子们都大了，要离开自己高飞了，这同时也说明自己老了，但愿孩子们能闯出自己的新天地，过上比自己这辈子幸福快乐的生活吧。

杨民慢慢走过来，站在贾玲的身边一起目视着远方。

晚霞映照着群山，一片火红火红的世界……